詩集

雪の花びら

― 電動タイプでうたう ―　　新訂版

妙見　幸子

大学教育出版

「シクラメン」鈴《すず》の音《ね》が、聞《き》こえてきそうな冬《ふゆ》の夜《よる》。

はじめに

「小《ちい》さな想《おも》い出《で》」という詩《し》は、私《わたし》が脳性麻痺《のうせいまひ》の専門《せんもん》の施設《しせつ》の中《なか》で十四歳《じゅうよんさい》のときに、生《う》まれて初《はじ》めて電動《でんどう》タイプでつくったものです。それまで文字《もじ》はわかっていても、読《よ》める形《かたち》にならないので、ほんとうは頭《あたま》のなかで文字《もじ》を書《か》いていたのですが、文字《もじ》にすることはできませんでした。頭《あたま》のなかですぎさっていった詩《し》がたくさんありました。

中学二年《ちゅうがくにねん》から電動《でんどう》タイプをうちはじめて四《よん》か月《げつ》、秋《あき》から冬《ふゆ》へと季節《きせつ》はかわっていました。初雪《はつゆき》がパラパラふってきました。桜《さくら》の花《はな》びらが散《ち》るのとよく似《に》ているなあと思《おも》っていたら、心《こころ》はいっそくとびに幼稚園《ようちえん》のころにもどって行《い》きました。放課後《ほうかご》に、カーペットが吹《ふ》き上《あ》がって、電動《でんどう》タイプがうめこまれているかのようにみえました。このとき生《う》まれた詩《し》が「小《ちい》さな想《おも》い出《で》」だったのです。それからたくさんの詩《し》が生《う》まれていきました。

白《しろ》い雪《ゆき》の美《うつく》しさを電動《でんどう》タイプで文字《もじ》を打《う》つとき、ステンレス製《せい》のキーボードカバーに指《ゆび》が擦《す》れて血《ち》がにじむこともあったけれど、白《しろ》い雪《ゆき》の美《うつく》しさを見《み》たまま書《か》くことの楽《たの》しさが痛《いた》みに勝《か》ちました。

この本《ほん》のタイトルの『雪《ゆき》の花《はな》びら』は、こうして生《う》まれた「小《ちい》さな想《おも》い出《で》」の一節《いっせつ》から取《と》られたものです。たくさんの善意《ぜんい》により、東方出版《とうほうしゅっぱん》から世《よ》に出《だ》された本《ほん》が『雪《ゆき》の花《はな》びら』で、私《わたし》が二十歳《はたち》の頃《ころ》の昭和五十三年《しょうわごじゅうさんねん》でした。それから十年《じゅうねん》以上《いじょう》もかかって、『風《かぜ》になって伝《つた》えて』も同《おな》じく東方出版《とうほうしゅっぱん》から平成三年《へいせいさんねん》に出版《しゅっぱん》することができました。そして『雪《ゆき》の花《はな》びら』は平成十一年《へいせいじゅういちねん》に電子出版《でんししゅっぱん》に姿《すがた》を変《か》えました。本《ほん》のページをめくるのが大変《たいへん》な人《ひと》にも読《よ》みやすくなったので私《わたし》にとってはとても嬉《うれ》しいことでした。このように、私《わたし》が文章《ぶんしょう》を書《か》くということは、自分《じぶん》ぴったりの人生《じんせい》を送《おく》ろうとすること。それを諦《あきら》めたときには死《し》が待《ま》っているということだと思《おも》いました。私《わたし》の障害《しょうがい》の重《おも》い状態《じょうたい》は今《いま》の年齢《ねんれい》まで、この本《ほん》を初《はじ》めて出版《しゅっぱん》したときとあんまり変《か》わりません。このような時《とき》に多《おお》くの皆様《みなさま》のご支援《しえん》で、本書《ほんしょ》の新訂版《しんていばん》を大学教育出版《だいがくきょういくしゅっぱん》から刊行《かんこう》することができたことに大変感謝《たいへんかんしゃ》しています。

私《わたし》は、できるだけ多《おお》くの人達《ひとたち》とお互《たが》いの人生《じんせい》を楽《たの》しみ合《あ》わなければならないと思《おも》っています。だから私《わたし》に何《なに》ができるのかといえば、より良《よ》い人生《じんせい》を望《のぞ》んでいるのは私《わたし》だけではないから、より多《おお》くの人々《ひとびと》に、人生《じんせい》を楽《たの》しんでもらえるような言葉《ことば》の花《はな》びらを歌《うた》いたいと思《おも》います。

平成二十年六月十四日《へいせいにじゅうねんろくがつじゅうよっか》

妙見《みょうけん》　幸子《さちこ》

4

小《ちい》さな想《おも》い出《で》

今《いま》にも粉雪《こなゆき》が舞《ま》うような日《ひ》に
ただ想《おも》い出《だ》すのは　幼《おさな》い日《ひ》のことばかり
かあさんと幼稚園《ようちえん》に通《かよ》った　雪道《ゆきみち》を
雪《ゆき》の上《うえ》をはいまわり　ころげまわって
作《つく》った雪《ゆき》だるま
あの日《ひ》は　過《す》ぎた日《ひ》は
もう二度《にど》と帰《かえ》らない
木枯《こがら》しに乗《の》ってくるくる舞《ま》いながら
まるで花《はな》びらのように　落《お》ちてくる白《しろ》い雪《ゆき》よ
小《ちい》さなやさしい想《おも》い出《で》を　作《つく》ってくれて
ありがとう

「雪《ゆき》」白《しろ》い妖精《ようせい》。ふんわりふんわり奏《かな》でるメロディー。

内容紹介《ないようしょうかい》

同《おな》じ障害《しょうがい》といっても一人《ひとり》ひとり違《ちが》うのです。「小《ちい》さな想《おも》い出《で》」という詩《し》は、私《わたし》が十四歳《じゅうよんさい》の時《とき》に脳性麻痺《のうせいまひ》の施設《しせつ》の中《なか》で、絵《え》を習《なら》い始《はじ》めた頃《ころ》に電動《でんどう》タイプで作《つく》ったものです。私《わたし》の場合《ばあい》は、字《じ》は分《わ》かっていても分《わ》かるように書《か》けないので、本当《ほんとう》は頭《あたま》の中《なか》で字《じ》を書《か》いているのですが、文字《もじ》にすることはありませんでした。頭《あたま》の中《なか》で過《す》ぎ去《さ》っていった詩《し》がたくさんありました。電動《でんどう》タイプで打《う》つようになっても、不随意運動《ふずいいうんどう》でキーを押《お》すのが難《むずか》しいので、最初《さいしょ》は穴《あな》の開《あ》いたステンレス製《せい》のキーボードカバーをかぶせて打《う》ちましたので、カバーの縁《ふち》に指《ゆび》がこすれて血《ち》だらけで打《う》っていました。

「さっちゃんは字《じ》が書《か》けないから学校《がっこう》に行《い》けないのかな。」と友《とも》だちから言《い》われたけれど、入《い》れてくれなかったから行《い》かなかっただけで、学校側《がっこうがわ》から来《き》なさいと言《い》われたら行《い》っているのです。一般《いっぱん》に障害《しょうがい》がある人《ひと》は特別《とくべつ》なところで勉強《べんきょう》しなくてはいけないように思《おも》われていますが、本当《ほんとう》は障害《しょうがい》のある人《ひと》は普通《ふつう》の人《ひと》と同《おな》じように勉強《べんきょう》したかったのに養護学校《ようごがっこう》しか行《い》ける学校《がっこう》がなかったのです。しかしながらやっとできた養護学校《ようごがっこう》も、昭和四十二年《しょうわよんじゅうにねん》の開校時《かいこうじ》には、新築移転《しんちくいてん》することになった小学校《しょうがっこう》の古《ふる》い校舎《こうしゃ》を使《つか》うというものだったので、自分《じぶん》の身《み》の回《まわ》りのことが、自分《じぶん》でできる人《ひと》ばかりが入《はい》っていました。自分《じぶん》のことが皆《みな》できる人《ひと》ばかりの養護学校《ようごがっこう》は、自分《じぶん》のことができない人《ひと》たちは入《はい》れないという状態《じょうたい》でした。私《わたし》は不随意運動《ふずいいうんどう》との戦《たたか》いなので、見《み》た目《め》より力《ちから》が入《はい》っています。それらの生活《せいかつ》の状態《じょうたい》をもっと理解《りかい》してもらいたいのです。

　私《わたし》にとっての自立《じりつ》は、おかあさんと一緒《いっしょ》に地域《ちいき》の中《なか》で生《い》きるということだったのです。それから住《す》み慣《な》れた家《いえ》で三十年間《さんじゅうねんかん》、家族《かぞく》と共《とも》に暮《く》らしてきました。

平成《へいせい》三年《さんねん》五月《ごがつ》八日《ようか》に父《ちち》が亡《な》くなってからは、母《はは》と二人《ふたり》でやってきました。

しかし、平成《へいせい》二十年《にじゅうねん》一月《いちがつ》二十六日《にじゅうろくにち》に母《はは》が亡《な》くなりました。今《いま》、私《わたし》の心《こころ》は揺《ゆ》れています。障害者《しょうがいしゃ》は親《おや》が倒《たお》れたら施設《しせつ》へ入《はい》らないといけないと思《おも》われているのです。泣《な》いてばかりではいられないと思《おも》いながら、連絡《れんらく》も何《なに》もかも私《わたし》がやらなくてはならないのです。障害者《しょうがいしゃ》は何《なに》もできないと思《おも》われているのですが、障《しょう》害《がい》を持《も》っていても一人暮《ひとりぐ》らしをされる人《ひと》もおられます。

これからどのように生《い》きていくのかを考《かんが》えていかなければならないけれど、心《こころ》も体《からだ》も思《おも》うようになりません。私《わたし》がどうしたいかを伝《つた》えることが難《むずか》しくなってしまいます。でも、これからも皆様《みなさま》と一緒《いっしょ》に地域《ちいき》の中《なか》で生《い》きてゆく方法《ほうほう》を少《すこ》しでも考《かんが》えていければと思《おも》っています。

平成《へいせい》二十年《にじゅうねん》四月《しがつ》二十五日《にじゅうごにち》

妙見《みょうけん》　幸子《さちこ》

「シクラメン」外《そと》は雪《ゆき》。凛《りん》とした美《うつく》しさが、なんだか眩《まぶ》しい。

詩《し》集《しゅう》　雪《ゆき》の花《はな》びら—電動《でんどう》タイプでうたう—

新訂版《しんていばん》

目《もく》　次《じ》

14

「万両《まんりょう》」小鳥《ことり》は赤《あか》い実《み》をくわえどこへ
幸《しあわ》せを運《はこ》ぶのだろう。

初《はじ》めての疑問《ぎもん》

くみこちゃんも
のりちゃんも
歩《ある》いているのに　どうして
さちこだけが　歩《ある》けないの？
ちゃんと　おすわり　できないの？
ねえ　どうしてなの？

どうして　おくびが　くらくら振《ふ》れるの？
そんな疑問《ぎもん》を　持《も》ちだしたのは
三《みっ》つのときだった

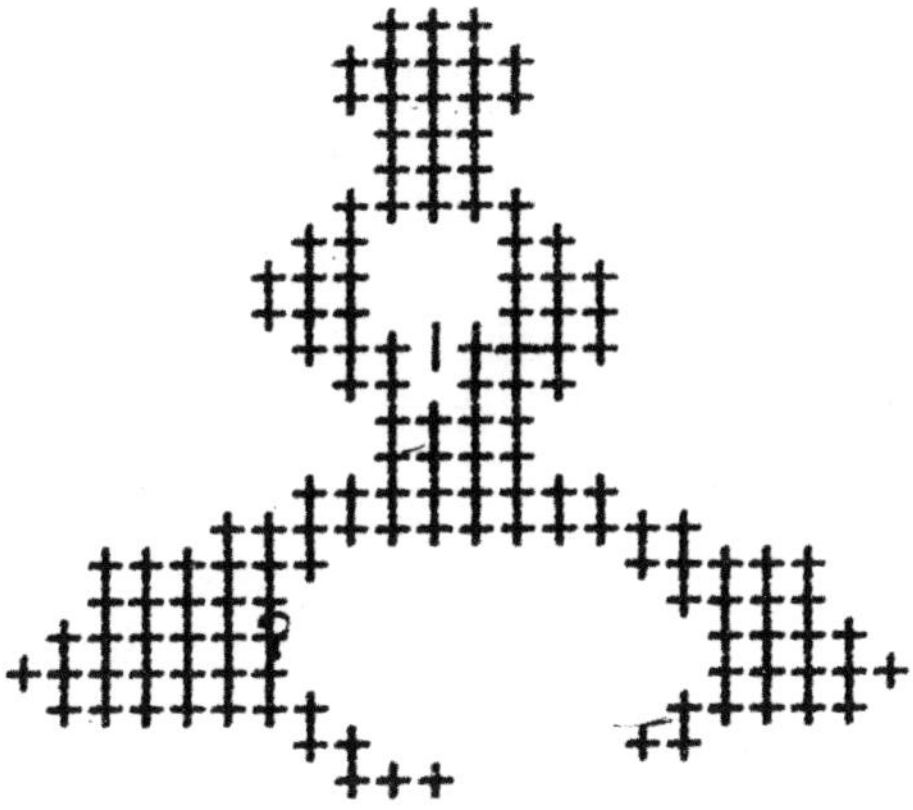

白《しろ》い病棟《びょうとう》

町《まち》から離《はな》れた片田舎《かたいなか》に
ぽつんと建《た》てられた　小《ちい》さな白《しろ》い病棟《びょうとう》
裏《うら》は火葬場《かそうば》で　斜《なな》めうえは墓《はか》だった
前《まえ》はため池《いけ》で　後《うし》ろは畑《はたけ》ばかり
いま火葬場《かそうば》は　わが母校《ぼこう》となり
池《いけ》の水《みず》は抜《ぬ》かれて　干《ひ》あがった
家《いえ》は　ふえた
だけどそとのひととの　ふれあいは
今《いま》もなお　しゃ断《だん》されたままで

青白《あおじろ》い顔《かお》をして
そとに出《で》ることを怖《こわ》がっている

そして　そこで働《はたら》くおとなたちの
いがみあいに巻《ま》きこまれて
わるくちばかり　たたきつけられて
マンネリ化《か》して
よどんだ　どぶ川《がわ》になってしまった

この白《しろ》い病棟《びょうとう》に
そとの空気《くうき》を運《はこ》んでくれたのは
あなたたちだけだった

焼《や》きいも

ああ　いいにおいがするなあ
焼《や》きいもだ。
詰所《つめしょ》から　プーンと
うまそうな　においだけがやってきて
鼻《はな》をついて
目《め》がさめた。
そしてくうーとなるおなかを押《お》さえていると
だれかがよだれが出《で》そうな声《こえ》で

食《た》べたいよう
と　つぶやいた
そんな声出《こえだ》しんさんな　よけい欲《ほ》しゅうなるけん
と　だれかが力《ちから》なくつぶやくようにいましめた

晩《ばん》ご飯《はん》が四時半《よじはん》というのは早過《はやす》ぎる
明《あ》くる朝《あさ》の七時四十分《しちじよんじっぷん》までなんにも出《で》ない
その間《あいだ》　すきっ腹《ぱら》をかかえていなきゃあいけないなんて残酷《ざんこく》だ
家《いえ》なら夜食《やしょく》が食《く》えるのになあ
詰所《つめしょ》から焼《や》きいもがぷんぷんしてくる時《とき》ほど
看護師《かんごし》さんや保母《ほぼ》さんが　にくらしいことはない

26

あーああ　またおなかが　くうっとないた
これじゃあ　寝《ね》られはしない
焼《や》きいも　焼《や》きいも　食《く》いたいなあ
夢《ゆめ》の中《なか》まで　焼《や》きいもが出《で》てきそう

「ほおずき」元気《げんき》がいっぱい詰《つ》まったみかん色《いろ》の紙《かみ》ふうせん。

赤《あか》ちゃん　生《う》んでよ

ミルク色《いろ》したすりガラスに
ほっぺたを　くっつけて　見《み》た　空《そら》は
ガラスと同《おな》じ　まだるっこい　ミルク色《いろ》

かあさん　こんどは　きっと生《う》んでーよ
かわいい　あかちゃんを、ねっ　ねっ
幸子《さちこ》　そと　歩《ある》かれんでも　ええけん
若草園《わかくさえん》　いややけーど　はいるから

面会日《めんかいび》に　来《こ》んでも　ええんや
さみしゅうても　がまんするよ
そやから　生《う》んで　元気《げんき》な赤《あか》ちゃん
もう　幸子《さちこ》　どっちでも　ええ

「まつむし草《そう》」あなたがおしえてくれた山野草《さんやそう》。そっと耳《みみ》を傾《かたむ》けると話《はな》し声《ごえ》が聞《き》こえて来《く》る…。

気《き》がついたとき

あなたが　たずねて来《き》てくれた
あのころは　二人《ふたり》とも　まだ幼《おさな》かった
そして　その時《とき》はまだ
自分《じぶん》のつながれた　鉛《なまり》のおもりが
どんなに重《おも》いものか　知《し》らなかった
月《つき》に一度《いちど》来《く》るあなたを　待《ま》ってたんです
それに気《き》がついたとき
園生活《えんせいかつ》は　終《お》わりに近《ちか》づいていた

あなたと　いっしょに行《い》った草原《そうげん》の
散歩道《さんぽみち》　ポプラ並木《なみき》は暑《あつ》かった
あなたは口笛《くちぶえ》吹《ふ》いて通《とお》り過《す》ぎ
あかんベーをして　行《い》っちゃった

「すすき」あなたになりたい時《とき》がある。
今日《きょう》の風《かぜ》に身《み》を任《まか》せ…。

七塚原《ななつかはら》サマー・スクール

せっかく仲《なか》よしになれたのに
もう　お別《わか》れだなんて
四日間《よっかかん》は　あっというまに
過《す》ぎていた
あまりにも　短《みじか》い
　牧場見学《ぼくじょうけんがく》
　おしゃべりをして
笑《わら》い　ふざけて
昨夜《さくや》のキャンプファイヤで

歌《うた》った
楽《たの》しかった　ほんとうに
別《わか》れるのが
つらくて　たまらない
ああ　でも　いつかまた
あえるときがくる
それまで　さようなら
今度《こんど》あえるときは
どんなに　みんな　変《か》わるかな
こんなことを　楽《たの》しみに
さようなら

あなた

いま　どこにいるのですか？
なにを　してますか？
黒《くろ》く澄《す》んだひとみがあたたかそうで
ふしぎな人《ひと》よ　あなたは
あどけない魅力《みりょく》をまだ残《のこ》してたっけ　夏《なつ》の日《ひ》には
そんなあなたが　そんなあなたが
こいしくて　こいしくて
でも　いいの　もう一度《いちど》あなたにあえるだけで

あってくださいますか？
やはり　だめですか？
あなた　もう　いい人《ひと》いるのでしょう
魅惑的《みわくてき》よ　あなたは
便《たよ》りもくれない　きっとお忙《いそが》しいのでしょう
あなたの歌《うた》が　あなたの歌《うた》が
聞《き》きたくて　聞《き》きたくて
もう一度《いちど》あいたいなあ　あなたに

キャンプ・ファイア

あの夜《よる》　わたしは炎《ほのお》を囲《かこ》んで踊《おど》るあなたをみつめてた
ギターかかえて　はね踊《おど》るさまに見《み》とれた
ああ　男《おとこ》の子《こ》ではない　男性《だんせい》なんだ
そうぼやきながら　声《こえ》も立《た》てず　ただみつめた

その時《とき》　あなたは　炎《ほのお》の中《なか》で燃《も》えるような気《き》がした
長《なが》い髪《かみ》を乱《みだ》し　顔《かお》が見《み》えない
もう帰《かえ》れない　帰《かえ》れないんだ

知《し》らぬまに　涙《なみだ》ひとつ　また流《なが》してた
もう男《おとこ》の子《こ》でない　男性《だんせい》である
もう　戻《もど》れない　帰《かえ》れない
そう　あの夏《なつ》の夜《よ》は　あの熱《あつ》い夜《よる》は
遠《とお》くへ　遠《とお》くへ　去《さ》っていった

なにわへ

いま　あなたは　なに　してるの
ながい　かみは　そのままですか
あなたは　おとなになってしまったけど
しょうねんのままで　こころのなかにいるわ
みやこから　なにわへ　いった　あなた

「ムスカリ」愛《あい》くるしいその姿《すがた》に、思《おも》わず話《はな》しかけたくなる。

ぬくもり

あなたの　あたたかい
その背中《せなか》に　もたれて
目《め》を閉《と》じて　聞《き》いてみたいなあ
あなたの歌《うた》を　一度《いちど》だけ
なんでもできたなら　たずねていける
あなたのまちへ　古《ふる》いまちへ

あたしが　自由《じゆう》なら

あの　青《あお》いモヘヤで
マフラー　手《て》ぶくろ　そして　帽子《ぼうし》を
あなたのために　編《あ》んでるわ
なんでも作《つく》れるわ　自由《じゆう》ならば
あなたのために　あなたのために

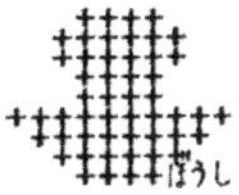

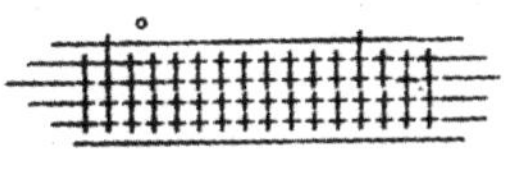

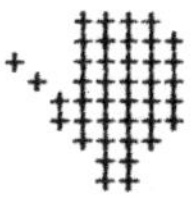

京都《きょうと》にいるあなたへ

今《いま》ごろは　バイトをしてるの
あたたかなひびきをただよわせて
弾《ひ》きがたりをしている
あなたの歌《うた》が聞《き》きたいのです
もう少し　自由《じゆう》ならば
言《い》えたほんとの気持《きも》ちを……

あなたにきかれて　はにかんで

何《なに》も答《こた》えられない　わたし
ほかの人《ひと》なら　答《こた》えたことでも
あなたの話《はなし》　聞《き》きたいの
もう少《すこ》し　自由《じゆう》ならば
もっと　問答《もんどう》できたのに

四月《しがつ》になれば　あなたは
もっともっと　遠《とお》くへ行《い》き
わたしの　届《とど》かない人《ひと》になる
だから歌《うた》が聞《き》きたいの
もう少《すこ》し　自由《じゆう》ならば
あえたあの日《ひ》　あなたに……

いまはむかし

いまはむかし
あなたと　遊《あそ》んだことも
少年《しょうねん》から　大人《おとな》へ
変《か》わっていった　あなた

やけに　このごろ　疲《つか》れます
どうも　ぼやきが　多《おお》いのです
わたしも　変《か》わっていくのでしょうか

あなたと　同《おな》じように

いまはむかし
すべてが　そうなのです
子《こ》どもとも　大人《おとな》とも
つかない　今《いま》の　わたし

何《なに》をしてても　疲《つか》れます
どうも　さめたみたい

夕立《ゆうだ》ちは

夕立《ゆうだ》ちは　青年《せいねん》の涙《なみだ》
夏《なつ》の暑《あつ》い日《ひ》に照《て》らされ
渇《かわ》いた土《つち》は
若《わか》さに　火照《ほて》っている
青年《せいねん》の肌《はだ》
そこに　雨《あめ》が降《ふ》る
矢《や》のように
滝《たき》のように

激《はげ》しく　たたきつける
時《とき》には　いなずまを　ともなって
それは　地《ち》に落《お》ちて
一瞬《いっしゅん》の　うちに
炎《ほのお》となり　燃《も》えつき
あるいは　地《ち》をなめて
緑《みどり》を　灰《はい》に　変《か》える
それは　青年《せいねん》の怒《いか》りだ
しかし　雨《あめ》は
火照《ほて》った地《ち》に　うるおいを　とりもどさせる
舞《ま》い上《あ》がりそうな　草《くさ》は

雨《あめ》を　受《う》けて
エメラルドに　輝《かがや》く
それは　やさしさ
そして　時《とき》おり見《み》る
七色《なないろ》の　虹《にじ》は
それは　青年《せいねん》の
ゆめ……

「トルコキキョウ」一筆毎《ひとふでごと》に、私《わたし》をやさしい気持《きも》ちにしてくれ、ありがとう。

青《せい》 年《ねん》

笑《わら》うと　日焼《ひや》けした肌《はだ》に
唇《くちびる》から　こぼれる
白《しろ》い歯《は》
風《かぜ》に揺《ゆ》れる　背中《せなか》までの
黒髪《くろかみ》
汗《あせ》くささが　鼻《はな》をつく
いたずらっぽく　あたたかな
まなざし

そのすべてが　ほしい
それよりも　青年特有《せいねんとくゆう》の
きらめき
マイナスのない　身《み》がるさ
自由《じゆう》にできる
友《とも》だちづきあい
あなたにとって　それは　いま
手《て》の中《なか》にある　当然《とうぜん》なもの
わたしたちが青年《せいねん》であれば　当然《とうぜん》なもの
それが　ほしいだけ

なぜ　わたしたちが持《も》ってはいけないのか
ほのかな恋《こい》を　してはいけないのか
それを　わがままな欲望《よくぼう》と見《み》られるのはいやだ
青年《せいねん》であるあなたに　その権利《けんり》をむだづかいは　してほしくない
青年《せいねん》よ　真夏《まなつ》の　熱《あつ》いきらめきの日《ひ》ざしへ
何《なに》も　おそれることは　ない

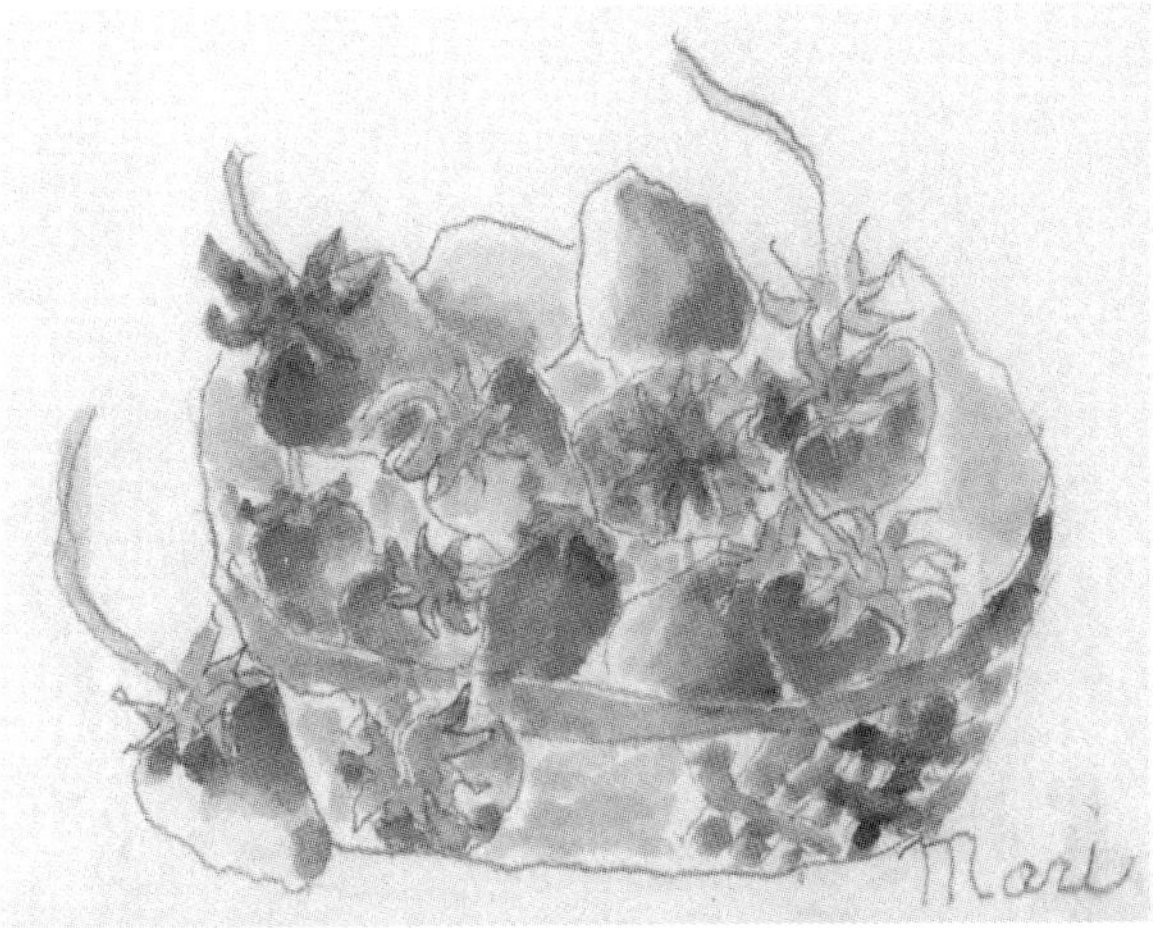

「いちご」人工《じんこう》呼吸器《こきゅうき》をはずせた時《とき》、初《はじ》めて口《くち》にした甘《あま》い幸《しあわ》せ。

語《かた》らいのとき

まじめな話《はなし》をするときは
ほかの人《ひと》には　聞《き》かれたくない
君《きみ》にしか言《い》えないことを話《はな》す
君《きみ》も思《おも》いのままにぶつかって
また　こちらもそうする
君《きみ》がよく言《い》うことは

僕《ぼく》らは　いや誰《だれ》にも言《い》えることだろうけど
先《さき》のことで取越苦労《とりこしぐろう》するよりも
今《いま》を精《せい》いっぱい生《い》きよう
まじめなときは　大《おお》いにまじめになるし
ふざけるときは　思《おも》いっきりふざけようじゃないか

生《い》きるってこと自体《じたい》が生《い》きがいなのだから
そう話《はな》すとき
君《きみ》の目《め》は　キラッと光《ひか》る

まぼろしの詩人《しじん》

きみは　衰《おとろ》えてゆくからだを
そして　日《ひ》に日《ひ》に近《ちか》づく死《し》の足音《あしおと》を
おびえながら　見《み》つめる
今《いま》はただ死《し》の足音《あしおと》を　ほんの少《すこ》しでもいいから　ゆっくり
一日《いちにち》　いや一時間《いちじかん》でも長《なが》く生《い》きていたい
と　悪魔《あくま》の底《そこ》なし沼《ぬま》で　必死《ひっし》にもがいている
そんなきみを　だれもそこから救《すく》いあげることはできない
きみが幼《おさな》いころのことを

今《いま》はただなつかしい自由《じゆう》だったころの
美《うつく》しい思《おも》い出《で》を
日暮《ひぐ》れどきまで　緑《みどり》の丘《おか》でとびまわり
夏《なつ》ともなれば友《とも》だちと川《かわ》へ行《い》き　いっしょに泳《およ》いだことも

きみは鏡《かがみ》で外《そと》を見《み》る
そして　やりきれぬ気《き》持《も》ちを歌《うた》にした
すばらしい歌《うた》がある
きみの命《いのち》はあとわずかしかない
だれもが迎《むか》えるはずの青春《せいしゅん》を途中《とちゅう》で終《お》わる
そんなきみをぼくは何《なに》もできず　長《なが》く生《い》きてほしいと祈《いの》るしかない

心《こころ》の窓《まど》を開《ひら》いて

傷《きず》ついたあなたは　閉《と》じこもってしまった
心《こころ》の窓《まど》にも　固《かた》く鍵《かぎ》をかけている
ほかの友《とも》だちは　だれもが一方通行《いっぽうつうこう》の門前払《もんぜんばら》いに終《お》わる
それはまるで隔離《かくり》された病《やまい》びとのように
　重《おも》い鍵《かぎ》をこっそりあけ　その中《なか》にわたしを入《い》れてくれるけど
　ほんとうのことは黙秘《もくひ》をして教《おし》えてはくれない
せめて彼《かれ》とわたしだけでも　ほんとの秘密《ひみつ》の部屋《へや》を
ほんの少《すこ》しでもいいから　見《み》せて

ほかの人《ひと》たちだって　まったくあなたのことを理解《りかい》しようとしなかったわけではない
ただあまりにへだたりがありすぎた
それを越《こ》えられなかっただけだ
　ただそのことをよくおぼえていてほしい
　帰《かえ》ってこいなんぞ　あなたに言《い》えるはずのないこと
察《さっ》してください

小《ちい》さな想《おも》い出《で》

今《いま》にも粉雪《こなゆき》が舞《ま》うような日《ひ》に
ただ想《おも》い出《だ》すのは　幼《おさな》い日《ひ》のことばかり
かあさんと幼稚園《ようちえん》に通《かよ》った　雪道《ゆきみち》を
雪《ゆき》の上《うえ》をはいまわり　ころげまわって
作《つく》った雪《ゆき》だるま

あの日《ひ》は　過《す》ぎた日《ひ》は
もう二度《にど》と帰《かえ》らない

木枯《こがら》しに乗《の》ってくるくる舞《ま》いながら
まるで花《はな》びらのように　落《お》ちてくる白《しろ》い雪《ゆき》よ
小《ちい》さなやさしい想《おも》い出《で》を　作《つく》ってくれて
ありがとう

「桜《さくら》」花《はな》びらのひとつひとつが、今年《ことし》もあたたかく迎《むか》えてくれた。

小《ちい》さな想《おも》い出《で》（楽譜《がくふ》）

1

今《いま》にも粉雪《こなゆき》が舞《ま》うような日《ひ》に
ただ想《おも》い出《だ》すのは　幼《おさな》い日《ひ》のことばかり
かあさんと幼稚園《ようちえん》に通《かよ》った　雪道《ゆきみち》を
雪《ゆき》の上《うえ》をはいまわり　ころげまわって
作《つく》った雪《ゆき》だるま

2

あの日《ひ》は　過《す》ぎた日《ひ》は
もう二度《にど》と帰《かえ》らない
木枯《こがら》しに乗《の》ってくるくる舞《ま》いながら
まるで花《はな》びらのように　落《お》ちてくる白《しろ》い雪《ゆき》よ
小《ちい》さなやさしい想《おも》い出《で》を　作《つく》ってくれて
ありがとう

「雪《ゆき》」白《しろ》い妖精《ようせい》。ふんわりふんわり奏《かな》でるメロディー。

小さな想い出

作詞　妙見　幸子
作曲　中井　周一

三色《さんしょく》のギター

楽器店《がっきてん》のショーウィンドーに
置《お》いてあった　白《しろ》いギター
立《た》ち止《ど》まり　見《み》てみたら
あの人《ひと》のものと　同《おな》じだった
夏《なつ》の草原《そうげん》の宿《やど》のロビーで
三十分《さんじっぷん》ばかりともに歌《うた》った
楽《たの》しい夜《よる》のひととき
今《いま》はもう懐《なつか》しい思《おも》い出《で》

あなたのあたたかいやさしさ
忘《わす》れないで　なくさないで　いつまでも

物置《ものおき》にほうりこまれて
忘《わす》れかけた　赤《あか》いギター
傷《きず》がいつのまにかつき
かあさんも　二度《にど》と弾《ひ》かないらしい
古《ふる》めかしくなってしまったギター
きかない指《ゆび》で触《ふ》れてみた
かあさんには若《わか》かりし思《おも》い出《で》
わたしは重《おも》くなり　しんどい毎日《まいにち》だけど

気《き》は若《わか》く持《も》ってね　いつまでも

本箱《ほんばこ》の横《よこ》につるされた
置《お》いていかれた　黄色《きいろ》いギター
もうそのままで　ほかされてゆくのかな
兄《にい》さんのつらくさみしい思春期《ししゅんき》の
思《おも》い出《で》をかき消《け》そうと捨《す》てたのかもしれない
もうすぐおやじになるんだなあ　兄《にい》さんも
今《いま》までのぶんもしあわせにね　いつまでも

「コスモス」あなたと一緒《いっしょ》に風《かぜ》を感《かん》じたい…

待《ま》ってます

あなたからの　連絡《れんらく》を
きょうか　あすかと
息《いき》を　殺《ころ》して
春《はる》を待《ま》つ　草花《くさばな》のように
静《しず》かに　静《しず》かに
ただ　ひたすら
あなたの
やさしい声《こえ》を

はにかんだような笑《え》顔《がお》を
待《ま》ってます
いいお返《へん》事《じ》を
あなたからの　お手《て》紙《がみ》を
きょうか　あすかと
息《いき》を　ひそめて
春《はる》を待《ま》つ　小《こ》リスのように
静《しず》かに　静《しず》かに
ただ　ひたすら
待《ま》ってます
あなたのやさしい
いいお返《へん》事《じ》を

あなたに逢《あ》える

今度《こんど》の土曜日《どようび》に　あなたに逢《あ》える
聴《き》きにいくよ　きみの歌《うた》を
休《やす》みがとれたよ
うれしいわ
一年《いちねん》ぶりに　あなたに逢《あ》える

「薔薇《ばら》」子供《こども》の頃《ころ》、トゲを鼻《はな》の頭《あたま》にくっつけて遊《あそ》んだっけ…。

愛《あい》するかたへ

ほんとうは　あの晩《ばん》
すべてあなたに話《はな》したかったのですが
やめました
いや　がまんしたのです
あの方《かた》にまで
涙《なみだ》は見《み》せたくありませんから
でも　話《はな》せなかったことで
あなたへの思《おも》いは
なおいっそう　強《つよ》まってしまいました

すべて話《はな》したいという欲求《よっきゅう》も
胸《むね》に痛《いた》いほど強《つよ》くなってしまった今《いま》
だけども
黙《だま》っていればいいのかもしれませんが
あなたもやがては父《ちち》となる時《とき》がきっと来《く》るのです
あなたにだけは　あなたにだけは
わたしのような　不自由《ふじゆう》な子《こ》を　持《も》って欲《ほ》しくないのです
愛《あい》する人《ひと》がみごもった命《いのち》が
どんなにふびんなおもりを背負《せお》っていることがわかってても
育《はぐ》くんでほしいのです
命《いのち》は命《いのち》に変《か》わりはないのですから
それがわたしの　あなたへの願《ねが》いです

時《とき》の流《なが》れとともに

あなたと会《あ》うたびに
いつもわたしはためいきまじりでつぶやく
また変《か》わってしもうたな　この人《ひと》は
時《とき》の流《なが》れとともに　だんだん男《おとこ》っぽくなる人《ひと》
ああ三年《さんねん》まえはかわいい男《おとこ》の子《こ》
去年《きょねん》はおんぼろG《ジー》パン長《なが》い髪《かみ》
煙草《たばこ》ふかして色目《いろめ》がね
そして今度《こんど》はひげもじゃら

きつーいじょうだん目《め》が回《まわ》る
くらくらくらくら　ふりまわされて
最後《さいご》にいつも
変《か》わっとらんな　元気《げんき》でな
下目《したため》づかいで　やさしく言《い》う

まいったなあ

なあ　だっこしてもらうか?
うん

足《あし》ははるかに私《わたし》よりも悪《わる》いなあ
と思《おも》いつつ　だいていると
突然《とつぜん》
お姉《ねえ》ちゃん　だあい好《す》き
ほっぺたに　ぶちゅー

よだれが　どろりー
まいったなあ
初《はつ》ＫＩＳＳ《キス》は恋人《こいびと》のために
とっておくものよ
まいったなあ
とにかく

「スイトピー」春《はる》をぜーんぶ詰《つ》め込《こ》んだ花《はな》に、思《おも》わず顔《かお》がほころぶ。

なんとなく

ただ　なんとなく　なのです

どんなにまわりが楽《たの》しそうにしていても
またおのずから大《おお》いに楽《たの》しもうとやったことでも
きみとどんなにふざけても笑《わら》っても
その時《とき》がどんなに楽《たの》しくとも
あとに残《のこ》るのは
疲《つか》れとしらけとものたりなさが残《のこ》る

まるでそれは後味《あとあじ》の悪《わる》いケーキみたいさ
なんとなく　ただなんとなく

今《いま》がいちばん楽《たの》しいはずなのに
きみとはあと一年《いちねん》足《た》らずしかいられないだろう
大《おお》いに楽《たの》しもうとしてきみを誘《さそ》ったのに
なんとなく　味《あじ》けなさだけがあとに残《のこ》る
それはただ　なんとなく　ただただ　なんとなく　なのです

紅葉前線《こうようぜんせん》

色《いろ》づいた　もみじ　いちょう
山々《やまやま》を　もうすぐ　染《そ》めていくだろう
絵具《えのぐ》を持《も》ってやってきた　秋《あき》の精《せい》たち

今《いま》の私《わたし》のやりきれぬ
気持《きも》ちを知《し》ってるだろうか
みんな　みんな　春《はる》をめざし
あわただしく駈《か》けまわり

不安《ふあん》と期待《きたい》に
胸《むね》おののかせて
やがて来《く》るときを
待《ま》っている

「すすき」あなたとの懐《なつ》かしい思《おも》い出《で》　―大山《だいせん》の晩秋《ばんしゅう》―

もしも…

もしも
会《あ》わなければ
今《いま》　どうなってると思《おも》いますか？

胸《むね》の奥深《おくふか》く
十八才《じゅうはっさい》のかわいい少年《しょうねん》のままで
思《おも》い出《で》という名《な》のベルベットに包《つつ》まれて
眠《ねむ》ってたわ

あなたはわたしを何《なに》に変《か》えてるかしら
もしもあの時会《ときあ》えなかったら
足《あし》に引《ひ》きずっている
思《おも》い出《で》という名《な》の汚《きたな》いぼろぎれの一《ひと》つかな
それとも
まるめてくずかごにポーンと放《ほう》りこまれてたかもしれない
もしも再《ふたた》び会《あ》えなければ
お互《たが》い遠《とお》い遠《とお》い過去《かこ》のものとしていたでしょう

恋《こい》の終《お》わりが近《ちか》づきつつあるいま

なんて言《い》ったらいいのでしょう
とても素直《すなお》におめでとうとは言《い》えそうもありません
なんて書《か》けばいいのでしょう
とても　二人《ふたり》でしあわせに　とは書《か》けそうにないのですが
もうそのことを考《かんが》えてしまうの

あなたと初《はじ》めて会《あ》ったのは七年《ななねん》まえのことでした
施設《しせつ》の廊下《ろうか》でのことでした

なにげなく過《す》ぎゆく高校生《こうこうせい》たちの群《む》れを見《み》てました
その目《め》にとびこんできた男子生徒《だんしせいと》
そう　それがあなた
好奇心《こうきしん》に目《め》を輝《かがや》かせて

「菜《な》の花《はな》」たくましさの中《なか》に、柔《やわ》らかな春《はる》を届《とど》けてくれる―大好《だいす》きな花《はな》―

小雨模様《こさめもよう》

埃《ほこり》っぽい街《まち》に

パラつく雨《あめ》は青葉《あおば》にうるおいを与《あた》える
命《いのち》の精《せい》
それは人《ひと》とて同《おな》じこと
もし涙《なみだ》という
心《こころ》の雨《あめ》を流《なが》したことが一度《いちど》もない人《ひと》は
ごみごみしたうるおいのない心《こころ》の主《ぬし》

だけどその雨《あめ》もたくさんあるのを忘《わす》れてはいけない
うらみの涙《なみだ》　怒《いか》りの涙《なみだ》
そして　ののしりの涙《なみだ》

そんな雨《あめ》は　小雨模様《こさめもよう》ぐらいにして

感激《かんげき》の涙《なみだ》
感謝《かんしゃ》の涙《なみだ》
たくさん持《も》っている
そんな大人《おとな》に私《わたし》はなりたいの

秋《あき》の日射《ひざ》しをあなたに

夏《なつ》の名残《なご》りの白《しろ》い日射《ひざ》しを
秋《あき》を告《つ》げる涼《すず》しい風《かぜ》を
いま　あなたに　あなたに
からだに浴《あ》びてほしいのよ

あなたの車椅子《くるまいす》が押《お》せたなら
畦道《あぜみち》をあなたと散歩《さんぽ》できたらいいのに
でも　わたしにはできないけれど

かわりにあの人《ひと》たちがいるから
さあ外《そと》に出《で》よう
ともに浴《あ》びよう　秋《あき》の日射《ひざ》しを

誕生日《たんじょうび》はいつですか？

誕生日《たんじょうび》はいつですか
まだ一度《いちど》もゆっくり話《はな》したこと　ありませんね
ロマンチックなあなただから
枯葉《かれは》舞《ま》う十一月《じゅういちがつ》でしょうか
それとも
賛美歌《さんびか》流《なが》れる十二月《じゅうにがつ》かしら
それともちがいますか
こっそり教《おし》えてくださいな
耳《みみ》もとでささやくように

あなたによく似《に》た人《ひと》にも
聞《き》いてません　おかしなことですね
初《はじ》めて会《あ》った日《ひ》から　六年半《ろくねんはん》もたつのに
わたしは桃《もも》の節句《せっく》のあくる日《ひ》なんですよ
ふしぎです　ほんとうに
今度《こんど》の旅《たび》であなたに
ロザリオのペンダント買《か》いました
気《き》に入《い》るかしら
誕生日《たんじょうび》はいつですか
きっと教《おし》えてくださいね
耳《みみ》もとでやさしくささやくように

あなたを上《うえ》から下《した》まで眺《なが》めた

長《なが》い髪《かみ》　ぼろぼろのＧ《ジー》パン　日焼《ひや》けした顔《かお》
でも笑顔《えがお》とやさしそうな瞳《ひとみ》は変《か》わってなかった
愉快《ゆかい》な会話《かいわ》を交《か》わした
　あまりギターをひいてくれなかった
あなたは行《い》くといって都合《つごう》で来《こ》れなかった
学校祭《がっこうさい》　連絡《れんらく》がないため
あきらめ半分《はんぶん》で
　震《ふる》えながら
　玄関《げんかん》で待《ま》ってた

やはり来《こ》なかった

たった一度《いちど》でいい
ささやかなパーティーを開《ひら》きたいの
あなたと友《とも》だちを呼《よ》んで
　騒《さわ》いでみたい
　何《なに》よりももう一度《いちど》弾《ひ》きがたりを聴《き》きたいの

春《はる》になればあなたはもっと遠《とお》くへ行《い》ってしまいそうで
　だからもう一度《いちど》ギターを弾《ひ》いて
　その音色《ねいろ》を心《こころ》に深《ふか》く刻《きざ》んでおきたいの
この願《ねが》い　かなえてくれませんか

電《でん》話《わ》

一日《いちにち》じゅう　待《ま》ってたのよ

どこにも行《い》かずに
今《いま》や遅《おそ》しと
いらいらしながら　待《ま》つ
乙女《おとめ》心《ごころ》を
少《すこ》しは察《さっ》してくださいねえ　あなた

待《ま》ちきれなくて
かけたわ　そしたら
行《い》けなくてごめんよ　と
しゃがれた声《こえ》
かぜ　ひいたの？
ああ　おまえも気《き》いつけや
仕事《しごと》も遊《あそ》びもいいけれど
からだいたわってよ　ねえ　あなた

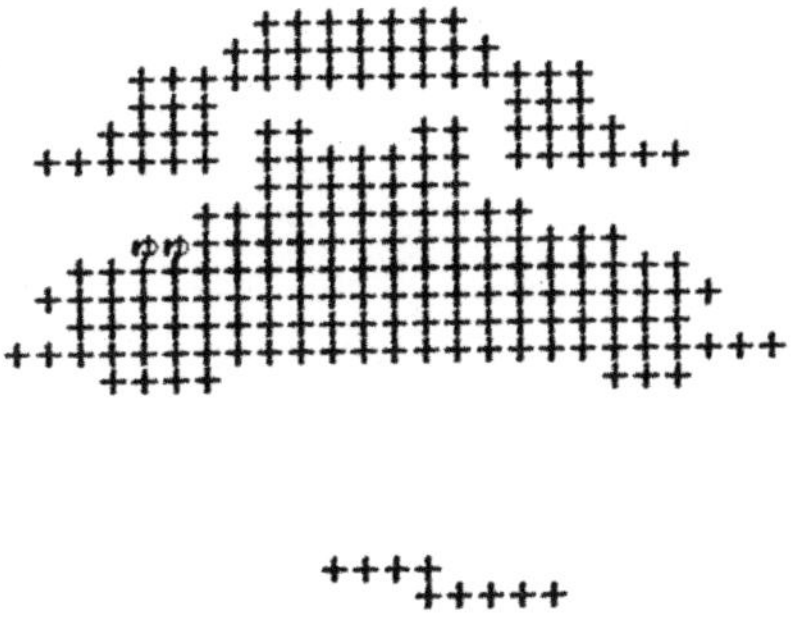

メランコリーに揺《ゆ》れて

少年《しょうねん》の日《ひ》のあなたが吹《ふ》く
縦笛《たてぶえ》の音《おと》は
秋《あき》の終《お》わりに草《くさ》むらで
たったひとり残《のこ》されて鳴《な》いている
こおろぎのように
メランコリーに揺《ゆ》れて
もの悲《がな》しくひびいてくるのです
どんなに楽《たの》しく愉《ゆ》快《かい》な歌《うた》を吹《ふ》いても

それは同《おな》じでした
小《ちい》さなわたしはあなたの笛《ふえ》の音《おと》が
何《なに》よりも好《す》きでした
そしてよくせがみました
今《いま》は愛《あい》する人《ひと》がいて
かわいい娘《むすめ》もいますから
もうさみしくありませんね
でもわたしは　あなたのつけた
歌《うた》をせがむくせはひどくなるばかりです
片思《かたおも》いの人《ひと》に手紙《てがみ》でおねだりをしました
ギターを弾《ひ》いて歌《うた》って　と

おめでとうございます

おめでとうございます
兄《にい》さん　待望《たいぼう》の女《おんな》の子《こ》で　ほんとに
姉《ねえ》さん　おつとめお疲《つか》れさまでした
やすかちゃんは　すこやかに育《そだ》ってるかしら？
おととい　おばあさんから聞《き》いたのよ　もう一《いっ》か月《げつ》
へんな気持《きも》ちです
こちらは　あす　あさってと学校祭《がっこうさい》なのよ
ふうー　くたびれた

わたしの歌《うた》　あとで送《おく》るから待《ま》っててね
兄《にい》さん　いまでも加山雄三《かやまゆうぞう》が好《す》きなの？
これから寒《さむ》くなるのでかぜに気《き》をつけてね
熱《ねつ》が一《いち》ばん危《あぶ》ないから
元気《げんき》で会《あ》える日《ひ》を楽《たの》しみにしています

きみは…

亡《な》くなられた　お父《とう》さまに
生《い》き写《うつ》しなくらい
似《に》ているね　きみは
お父《とう》さまの　子《こ》ども時代《じだい》は
純粋《じゅんすい》でやさしくて
そう　きみみたいに
かわいい男《おとこ》の子《こ》だったでしょう
そしていつも

どうしたら楽《たの》しく遊《あそ》べるかなって
小《ちい》さな頭《あたま》はそのことでいっぱいだったにちがいありません
勇気《ゆうき》と安《やす》らぎを
神《かみ》さまから人《ひと》へと伝《つた》えられる大人《おとな》になってください
それは天国《てんごく》にいられるお父《とう》さまがいちばん望《のぞ》んでいらっしゃることでしょう
ほんとうにお父《とう》さまによく似《に》てるね
きみは…

記念写真《きねんしゃしん》

きみが恋《こい》しくなり
箱《はこ》をひっくり返《かえ》し　やっとの思《おも》いで
アルバムを出《だ》し
ページをめくると
きんきらきんに顔《かお》をこわばらせた
きみがいる
こっけいであればあるほど　それは
麻痺《まひ》がひどいということである

ああいけないいいけないと思《おも》えば思《おも》うほど
こわばりがひどくなる
どうかしてお化《ば》け屋敷《やしき》の役者《やくしゃ》でもできないような顔《かお》である
―つらいときあれ見《み》て笑《わら》えよ　おれもおまえの見《み》るからな―
と言《い》って肩《かた》に手《て》をかけてのぞき込《こ》むようにしてみつめあったときの
きみの顔《かお》は　まぎれもなく
はたちのひとりの青年《せいねん》の顔《かお》だった

傷《きず》つきやすいはたちの青年《せいねん》は

何《なに》か奥歯《おくば》にものがはさまったような
気《き》がかりな人《ひと》
また迷《まよ》っているかもしれないと胸騒《むなさわ》ぎを感《かん》じながら
彼《かれ》の家《いえ》へと車《くるま》は走《はし》る
そして横《よこ》には大《おお》きな聖書《せいしょ》が置《お》かれてた
それは彼《かれ》への私《わたし》からの贈《おく》り物《もの》
でも何《なん》て言《い》って渡《わた》せばいいのかしら？
この一冊《いっさつ》の本《ほん》のために彼《かれ》が悩《なや》むかもしれないから

彼《かれ》にとって聖書《せいしょ》が宝物《たからもの》になるかしら
それとも　ただの本《ほん》で終《お》わるか

よつんばいになって階段《かいだん》を降《お》りてくる
彼《かれ》の姿《すがた》は
ひどくやつれ
みのない蟹《かに》みたいにやせこけていた
「かぜひいてよ　もの食《く》えんのや」と彼《かれ》

旅立《たびだ》った友《とも》だちへ

見送《みおく》りに行《い》きたかった　だけど今《いま》は
会《あ》わないほうがいい　そう思《おも》ったのでやめた
なぜなら　ベルとベルとの短《みじか》い間《あいだ》に
窓《まど》から身《み》を乗《の》り出《だ》し
お互《たが》い不自由《ふじゆう》な手《て》を握《にぎ》り合《あ》うのがつらかったんだ
ごめんよ
そんなこと言《い》いだしたのはこっちのほうなのに

あそこへは行《い》きたくないさ
ほら　こんなにやせたんだ　悩《なや》んで
食《た》べる気《き》がしないんだ
みのない蟹《かに》のようにやせた体《からだ》がいたいたしい
顔《かお》で笑《わら》って心《こころ》で何《なん》とやら
ごめんよ
そんなことも知《し》らずに祝《いわ》いの電話《でんわ》なんかして

思《おも》いを語《かた》りあって涙《なみだ》を拭《ふ》き
二年《にねん》たったら帰《かえ》ってくるつもりさと言《い》う
気《き》がすんだのかい　それで

そのあとボール投《な》げをしようと君《きみ》が言《い》い出《だ》し
かなりの時間《じかん》　やった
楽《たの》しかったよ
そしてさ
もし　いい子《こ》　できたら　教《おし》えてくれよなあ

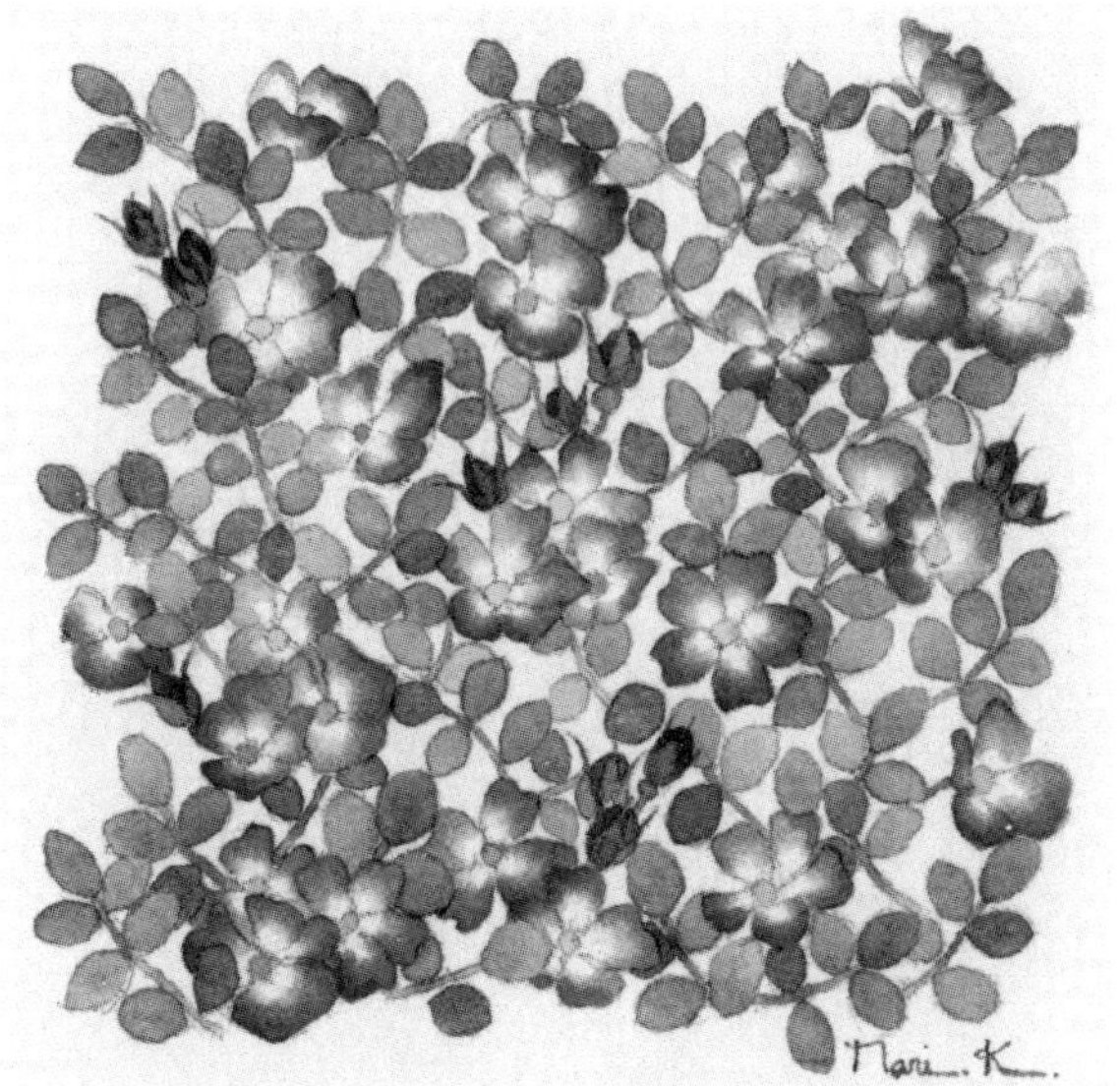

「バラ：安曇野《あづみの》」残雪《ざんせつ》の北《きた》アルプスと青《あお》い空《そら》、あなたを見《み》ると思《おも》い出《だ》す。

気《き》がかり

別《わか》れ別《わか》れになって
はやふた月《つき》たちました
あの人《ひと》からの電話《でんわ》もかかってこない
今日《きょう》このごろです
いい友《とも》だちもできて
退屈《たいくつ》だなんて思《おも》わなくなったのかしら
いいのです　いいのです　それならば
だけど　だけど　もしかすると

と　思《おも》うのです
あまり体《からだ》がじょうぶじゃないから
気《き》がかりなのです
くれぐれも　体《からだ》だけは気《き》をつけてください

会話《かいわ》──それがたやすければ

ねえ　そんなことなら聞《き》いてきてあげようか？
むりよ　うちのかあちゃんでもほとんどわからんのに
それができたら　とっくのまえに　電話《でんわ》ですんどるよ
あーあ　つらいなあ
会話《かいわ》──それがたやすければ
もっともっと　触《ふ》れ合《あ》えるのに
話《はな》しかけられても答《こた》えられない

話《はな》しかけたくてもかけられない
話《はな》し始《はじ》めたとしても
言《い》ってることがほんとうにわかってるのか？
という不安《ふあん》な疑問《ぎもん》がいつもつきまとう
まったく初《はじ》めての人《ひと》と話《はな》すとき
それが痛《いた》いほど頭《あたま》をもちあげてくる
毎日外国《まいにちがいこく》で暮《く》らしてるような孤独《こどく》さを
味《あじ》わっている

いまいちばん願《ねが》っているのは
何《なに》げなく交《か》わしている会話《かいわ》―それがたやすければ

N《エヌ》くんへ

せっかく来《き》てくれたのに　話《はな》したかったのに
それはできないで　もうバイバイと
片手《かたて》を昔《むかし》のように小《ちい》さく振《ふ》った
笑《え》みを浮《う》かべた瞳《ひとみ》はやさしかった
やれやれ　何《なに》をしてたのだこの私《わたし》は
ただ美青年《びせいねん》になったあなたをみつめ
その横顔《よこがお》に二人《ふたり》の青春《せいしゅん》をかいま見《み》たの
あなたが明《めい》で私《わたし》は暗《あん》なのね

それを強烈《きょうれつ》に見《み》せつけられたから話《はな》せなかったの
何《なに》もそんなことあなたが初《はじ》めてじゃなくて
ほとんど毎日《まいにち》のことでもう慣《な》れっこになったはず
なのに　おかしいな　今日《きょう》は
あとを追《お》いかけたのだけれど　すでに姿《すがた》は無《な》かった
無念《むねん》で口惜《くちお》しくてたまらなかった

ためしたかったのです
あなたが私《わたし》の言葉《ことば》がどれだけわかるか
知《し》りたかったのです
いったい私《わたし》のことをどう思《おも》ってるのか

誰《だれ》かと話《はな》したくても

誰《だれ》かと話《はな》したくても
話《はな》せる人《ひと》は近《ちか》くにいない
いても今日《きょう》は山《やま》へ行《い》ってて留守《るす》だし
いつもうちの胸《むね》んなかは
炭火《すみび》がくすぶってて
淋《さび》しいなんてものじゃない
誰《だれ》かと話《はな》したくても

友《とも》だちは遠《とお》い
手紙《てがみ》書《か》いたとしてもすぐに返事《へんじ》が来《き》やしない
電話《でんわ》をかけようとしても遠距離《えんきょり》だから
電話代《でんわだい》ぎょうさんとられる　ああかなわねえ

もし歩《ある》けたなら

もしぼくが走《はし》れたなら
野原《のはら》をきみと駆《か》けて行《い》こうよ
それがぼくたちの夢《ゆめ》　そして願《ねが》い
みんなと同《おな》じさ　ぼくたちも

広《ひろ》い海《うみ》を見《み》れたなら
そこでみんなといっしょに泳《およ》げるなら
あの島《しま》まで泳《およ》いで渡《わた》れたら
いいのに

「かたくり」恥《は》ずかしそうにうつむいて、何《なに》を考《かんが》えているの…。

めぐりあい

キイをたたいているこの間《あいだ》にも
どこかの街角《まちかど》で
若《わか》い二人《ふたり》がめぐりあい　顔見合《かおみあ》わせ
見《み》えない不思議《ふしぎ》な愛《あい》の生糸《きいと》にひかれていく
それがいつどこであるのか人《ひと》にはわからない
それを知《し》っているのは神様《かみさま》だけ
夜《よる》のこわい風《かぜ》の中《なか》ぽつんと

たたずみ涙《なみだ》する
それを隠《かく》そうともしないで
なぜ　と　なおもきいてる
糸《いと》が切《き》れてしまった
それがいつどこで切《き》れるのか誰《だれ》にもわからない
やはり　知《し》っているのは神様《かみさま》だけ

ああ　神様《かみさま》　かなえてください
この自由《じゆう》なき者《もの》の願《ねが》いを
どうか　この愛《あい》を

歩《ある》き初《はじ》め

うららかな日射《ひざ》しの中《なか》で
赤《あか》いほっぺに
毛糸《けいと》で編《あ》んだ
赤《あか》いおべべ
小《ちい》さなズック　はいてる
―ほら　ゆみ　こっち　おいで―
よちよち歩《ある》きで駆《か》けて行《い》く
かわいいな

絵本《えほん》に出《で》てくる
一《ひと》こまのように
かわいいな　かわいいな
だけど
見《み》てると悲《かな》しくて　涙《なみだ》になりそう
さし伸《の》べられた手《て》をめざして
歩《ある》いたことは　まだない
歩《ある》けるということは
自然《しぜん》な成行《なりゆ》きなのに　なのに
今《いま》になっても歩《ある》けない
ああ　ああ　いやだよ　何《なに》をしたっていうの
あどけない　笑顔《えがお》で
ボールで遊《あそ》んでる

石段《いしだん》も坂道《さかみち》も

港《みなと》から　ボーッと　船出《ふなで》を知《し》らせる音《おと》が聞《き》こえます
その音《おと》を聞《き》くと
帰《かえ》ってきたな　と　感《かん》じたあのころ
山《やま》の中《なか》で潮《しお》の香《かお》りが
やけに恋《こい》しくなったときもあるわ
久《ひさ》しぶりに落《お》ちつけて　あたりを見回《みまわ》すと
人《ひと》は時《とき》の流《なが》れに流《なが》されて
幼《おさな》い日《ひ》の友《とも》はみな
それぞれの道《みち》を歩《あゆ》み始《はじ》めた

その中《なか》で
私《わたし》は波《なみ》に乗《の》れず置《お》いてけぼり
道《みち》でばったりあって挨拶《あいさつ》かわしても
それだけでおしまいです
石段《いしだん》も坂道《さかみち》も
あの頃《ころ》とあまり変《か》わりはないのに
人《ひと》はこんなにも時《とき》に流《なが》されやすいのですね
はかないものですね
人《ひと》は時《とき》には逆《さか》らえませんから
新《あたら》しい出会《であ》いを求《もと》めて
外《そと》へ出《で》ても遠《とお》くへは行《い》けない

飛《と》べない鳩《はと》のように

窓《まど》から見《み》る空《そら》は
ミルク色《いろ》した厚《あつ》い雲《くも》に覆《おお》われて
太陽《たいよう》がどこにあるのかわからない
風《かぜ》が吹《ふ》きすさび
枝《えだ》にしがみついていた枯葉《かれは》を強引《ごういん》に引《ひ》き離《はな》す
毎年《まいとし》繰《く》り返《かえ》され　もう何度《なんど》も何度《なんど》も見《み》てる
弥生《やよい》が来《く》る前《まえ》の冷《つめ》たい光景《こうけい》だけど
今年《ことし》はなぜか悲《かな》しさとむなしさでみつめてる

いまのぼくは巣立《すだ》てない鳩《はと》のように
ただ翼《つばさ》をばたつかせているばかり
仲間《なかま》が大空《おおぞら》へと旅立《たびだ》つのを　笑顔《えがお》で見送《みおく》れというのか
いまのぼくにはそんなうそのほほえみは浮《う》かべることはできない

いまのぼくは　いまのぼくは
傷《きず》ついて飛《と》べない鳩《はと》のように
薄暗《うすぐら》い大空《おおぞら》へ向《む》かい
ほろほろと叫《さけ》ぶしかない

何《なに》がある？

何《なに》がある？
この末《すえ》に
いつか分《わ》かれ道《みち》に　さしかかる
その時《とき》が来《く》るのが
こわかった
目《め》の前《まえ》にするのが
こわかった
しかし　いま

その前《まえ》に私《わたし》は
へたりこんでいる
三《みっ》つに分《わ》かれた道《みち》の先《さき》を
恐《おそ》るおそるみつめている
いやもう目《め》を覆《おお》うことはできない
必死《ひっし》にはって
必死《ひっし》で叫《さけ》ぶより
手《て》だてはない

こわれたおもちゃのように

ぜんまい　じかけの　こぐまが　つぶやいた
どうしたら　たいこが　とんとんと　たたけるのかなあ
あひるの　があこうが　かなしげに　いけをみた
あそこで　もういちど　およぎ　まわりたい　あるきたい
ぬいぐるみの　いぬが　めに　なみだを　いっぱいためて
ぼうやに　もう　あきられたから　あしたは　やかれてしまう
それは　わたしたちとて　おなじこと
いちぶが　こわれて　いるだけで
いのちを　たたれていく

ころしたとて　つみには　ならぬ
こんなことで　いいのだろうか

こわれたおもちゃのように

ぜんまい　じかけの　こぐまが　つぶやいた
どうしたら　たいこが　とんとんと　たたけるのかなあ

あひるの　があこうが　かなしげに　いけをみた
あそこで　もういちど　およぎ　まわりたい　あるきたい

ぬいぐるみの　いぬが　めに　なみだを　いつぱいためて
ぼうやに　もう　あきられたから　あしたは　やかれてしまう

それは　わたしたちとて　おなじこと
いちぶが　こわれて　いるだけで
いのちを　たたれていく
ころしたとて　つみには　ならぬ
こんなことで　いいのだろうか

歩《ある》いてくれませんか？

歩《ある》いてくれませんか
寄《よ》り添《そ》って　人通《ひとどお》りの多《おお》い道《みち》を
支《ささ》えてくれませんか
横《よこ》に倒《たお》れそうなこの私《わたし》を
あなたのほかにも　歩《ある》いてくれる人《ひと》はいるけれど
あなたでなくてはいけない日《ひ》があることを
知《し》ってください
昔《むかし》の友《とも》だちが振袖《ふりそで》に身《み》を包《つつ》み

希望《きぼう》にときめく胸《むね》を弾《はず》ませて
街《まち》を歩《ある》く姿《すがた》を見《み》れば
わるびれそうなんです　だから
歩《ある》いてくれませんか
口笛《くちぶえ》を吹《ふ》きながら

歩《ある》いてくれませんか
寄《よ》り添《そ》って　冷《つめ》たい視線《しせん》の中《なか》を
支《ささ》えてくれませんか
顔《かお》を背《そむ》けそうなこの私《わたし》を
あなたが初《はじ》めて見《み》るような街《まち》の冷《つめ》たさの中《なか》で

毎日暮《まいにちく》らすということの孤独《こどく》さを
知《し》っていてください
昔《むかし》の友《とも》だちが喜《よろこ》びにほお染《そ》めて
祝福《しゅくふく》のことばにはじらいの笑《え》みを浮《う》かべ
街《まち》を歩《ある》く姿《すがた》を見《み》れば
泣《な》き出《だ》しそうなんです　だから
歩《ある》いてくれませんか
明《あか》るく話《はな》しながら

「コスモス」夫《おっと》の好《す》きなこの花《はな》に、感謝《かんしゃ》を込《こ》めて… Happy Birthday

人恋《ひとこい》しくて

話《はな》したくて道《みち》を行《い》き交《か》う人《ひと》をみつめてみても
声《こえ》をかけ合《あ》うことはめったにない
できたとしても　その相手《あいて》は
好奇心《こうきしん》に目《め》を輝《かがや》かせながら
恐《おそ》るおそる手《て》を握《にぎ》りにくる小《ちい》さな子《こ》であったり
井戸端会議《いどばたかいぎ》をしているおばさんたちだったりする
幼《おさな》じみの通勤姿《つうきんすがた》も見《み》かけているのだが
あまりのきらめきにたじろいでしまう

恋人《こいびと》と腕組《うでく》んでると
思《おも》わず　はぁーぁと

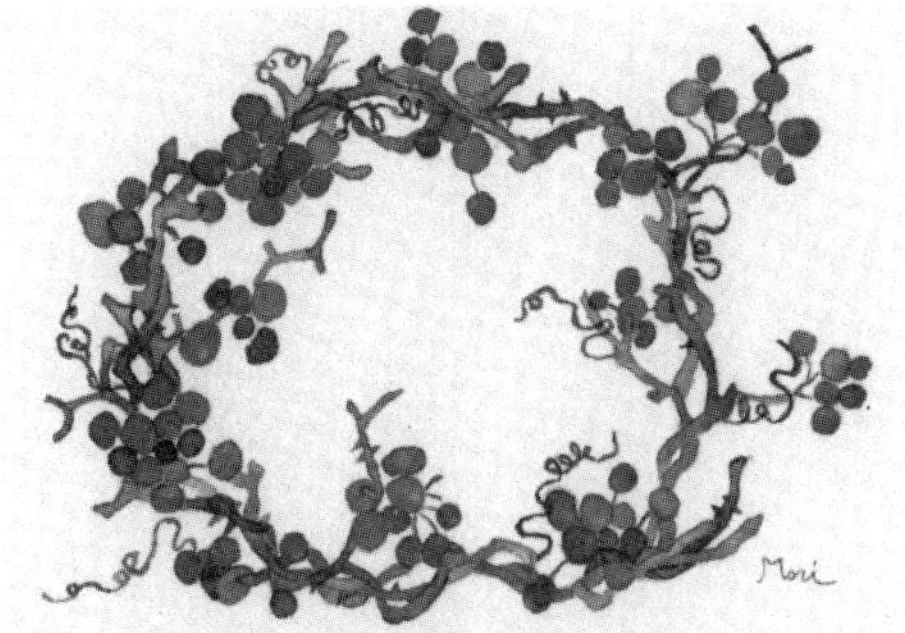

「サンキライ」葉《は》っぱで挟《はさ》んだかしわ餅《もち》。
懐《なつ》かしい祖母《そぼ》の味《あじ》。

お兄《にい》ちゃん先生《せんせい》バンザーイ

バンザーイ　ぼくらのお兄《にい》ちゃん先生《せんせい》
ぼくらが行《い》っている保育園《ほいくえん》には
女《おんな》の先生《せんせい》の中《なか》にたった一人《ひとり》
お兄《にい》ちゃん先生《せんせい》がいるんだ
背《せ》はうちのママぐらい
頭《あたま》はモシャモシャで
めがね円《まる》いの掛《か》けてるんだ
穴《あな》のあいたＧ《ジー》パンなんかはいてる時《とき》もある

けどさ　けどさ
うちに帰《かえ》ってたたみの上《うえ》に寝《ね》ころんで　テレビばっかり見《み》てて
遊《あそ》んでくれないパパよりも
ずーっと　ずーっと　大好《だいす》きさ
わたしの行《い》っている保育園《ほいくえん》には
お昼寝《ひるね》の前《まえ》なんか　おすもうごっこしてる　お兄《にい》ちゃん先生《せんせい》がおるんよ
なぜ赤《あか》ちゃんできるの？って聞《き》いたら
それはこうさって　頭《あたま》かきかき絵本《えほん》で教《おし》えてくれるの
大《おお》きくなったらこうなるよ　きっと
やっぱり　やっぱり
あんたには早《はや》すぎるわよって赤《あか》くなってほんとのこと教《おし》えてくれないママよりも
ずうっと　ずうっと　大好《だいす》きよ

MY LOVER《マイラバー》

人《ひと》を好《す》きになるということは
傷《きず》つきやつれたこの体《からだ》とは反対《はんたい》に
心《こころ》だけ人生《じんせい》の春《はる》が来《き》て
なんともアンバランスで
いまわしくて　そしてせつなくて
神様《かみさま》はあなたに
心《こころ》だけは純粋《じゅんすい》なものを与《あた》えてくださっているのよ
と　ある人《ひと》が言《い》った

それは人《ひと》に告《つ》げられるよりも前《まえ》に
この私《わたし》がだれよりもありがたく感《かん》じている
その心《こころ》に思慕《しぼ》というはれものができはじめたのは
七年《ななねん》まえ　そして今《いま》は
ぱんぱんにふくれあがってて　もう自分《じぶん》ではどうにもならない
それが　いま　にがき
MY《マイ》 LOVER《ラバー》

歩《ある》ける人《ひと》へ

歩《ある》けることって　すばらしい
好《す》きなとこへ行《い》けて
ふとしたはずみで　友《とも》だちができることもあるよ

誰《だれ》かと話《はな》したいとは思《おも》わないかい
部屋《へや》の中《なか》でもやしみたいになっている
自分《じぶん》を見《み》ていやなことないかな
おやじさんとけんかしたとておもしろくないさ

テレビを見《み》ても話《はな》しあえない　つまらんなあ
と思《おも》ったら　何《なに》もかも気《き》にせず
外《そと》へ出《で》ようや
もじいっと見《み》られたら　見返《みかえ》そう
話《はな》しかけられたら
黙《だま》ってないで話《はな》そうよ
きっと友《とも》だちになれるから

残《のこ》り火《び》のように

誰《だれ》かと話《はな》したい　知《し》ってほしい
なんていつも思《おも》いつつ
日々《ひび》は川《かわ》の流《なが》れのように　いやおうなく過《す》ぎ去《さ》って行《い》く
暗《くら》い部屋《へや》の中《なか》で　人恋《ひとこい》しさと　口惜《くちお》しさだけを
胸《むね》の中《なか》でくすぶり続《つづ》けても
炎《ほのお》と化《か》さないいまわしさに腹立《はらだ》たしくて
最後《さいご》ははばかばかしくなって
何度《なんど》外《そと》へのあこがれを捨《す》てようと思《おも》ったことか
どうせ炎《ほのお》なんかにゃ　なりゃあへんとね

しかし　消《け》してはだめだ
線香《せんこう》のような細《ほそ》い火《ひ》でも持《も》ち続《つづ》けていよう
あの小《ちい》さなたばこの火《ひ》でさえ
大《おお》きな山《やま》を幾《いく》つも黒焦《くろこ》げにしてしまうことだってある
あきらめてはだめだ
いつか　いつか　きっと炎《ほのお》になれるときが来《く》る
いや　なるんだ
あかあかと燃《も》えさかる　熱《あつ》い炎《ほのお》に
きょうも　どこかで　だれかも　家《いえ》の中《なか》で
このような思《おも》いをくすぶらせているにちがいない
私《わたし》もここでくすぶっている
消《き》えそうで消《き》えない残《のこ》り火《び》のように

まりこという人《ひと》

長《なが》いこと雨《あめ》の中《なか》で立《た》ち話《ばなし》
円《まる》いひとみを時《とき》おりくるくるっと動《うご》かしながら
そのしぐさは何《なん》とも言《い》えず純粋《じゅんすい》だった
―わたし　父《ちち》　いないの―　そう言《い》った時《とき》だけ少《すこ》し小声《こごえ》になった
そして私《わたし》に　―お父《とう》さんがいて　いいなあ―　と言《い》った
私《わたし》は笑《わら》って話《はな》しつづけた

「露草《つゆくさ》」ラジオ体操《たいそう》。花《はな》びらが露《つゆ》でキラキラ光《ひか》ってきれいだった…。

気《き》がるに街《まち》を

真昼《まひる》の街中《まちなか》を誰《だれ》にも気《き》がねせずに
車《くるま》いすや歩行器《ほこうき》で歩《ある》けたらどんなにいいだろう
車《くるま》の少《すく》ない日曜《にちよう》の日暮《ひぐ》れどきの道《みち》
歩《ある》いてみたけれど
ぼくは太陽《たいよう》の光《ひかり》の中《なか》を歩《ある》きたい
もう人目《ひとめ》を避《さ》けて歩《ある》くのはいやだ
何《なに》か悪《わる》いことでもしたように
小《ちい》さくなって歩《ある》くのはもうごめんだ

出会《であ》った人《ひと》とさりげなく　やあこんにちは
どこ行《い》くんだって話《はな》せたら　どんなにいいだろう
行《ゆ》き交《か》う人々《ひとびと》の軽《けい》べつと哀《あわ》れみの交《ま》じった目《め》におびえて
うつむいたぼくだけど

お会《あ》いしたいのです（Akira《アキラ》 Fuse《フセ》）

お会《あ》いしたいのです
ひょうきんでしかも
おもしろい話《はなし》をいかにも
まじめそうなお顔《かお》でお話《はな》しになるお方《かた》に
いつもあなたは
ご自分《じぶん》にうそをおつきになられます
そして
痛々《いたいた》しいほどきびしく

責《せ》めるのです　みずからを
お会《あ》いしたいのです
そんなお方《かた》に

「シクラメン」ひんやりとした窓辺《まどべ》に、時《とき》おり差《さ》し込む日差《ひざ》しが心地《ここち》良《よ》さそう。

あの石段《いしだん》さえ無《な》かったら

あの石段《いしだん》さえ無《な》かったら
通学電車《つうがくでんしゃ》に乗《の》って
学校《がっこう》に行《い》けたのに
上《のぼ》りに乗《の》るには
石段《いしだん》を降《お》りてまた昇《のぼ》らなきゃいけん
踏《ふ》みしめて昇《のぼ》っていくうちに
腰《こし》がずきずき痛《いた》みはじめて
足《あし》が前《まえ》に出《で》にくくなってきて
前《まえ》に体《からだ》がつんのめりそう

後《うし》ろで支《ささ》えてる
母《かあ》さんの荒《あら》い息《いき》づかいが
伝《つた》わってくる
行《い》かなくちゃ　学校《がっこう》へ
行《い》きたい　学校《がっこう》へ
みんなに会《あ》いたい　会《あ》いたい
力《ちから》つきて
疲《つか》れ果《は》てて
とうとう半分休《はんぶんやす》んでしまった
くやしい
やはり福山《ふくやま》は遠《とお》すぎた
遠《とお》すぎた

遠《とお》い昔《むかし》の過《あやま》ちが

あの少年《しょうねん》に初《はじ》めて会《あ》ったのはいつだったろうか
遠《とお》い昔《むかし》の過《あやま》ちが
健康《けんこう》と歩《ある》くことを奪《うば》い去《さ》った
そして今日《きょう》も母《はは》の腕《うで》に抱《だ》きかかえられて
通学電車《つうがくでんしゃ》に揺《ゆ》られてる
三十二年《さんじゅうにねん》もの前《まえ》の
八月《はちがつ》の黒《くろ》い熱《あつ》いあの日《ひ》のことを
この十四歳《じゅうよんさい》の少年《しょうねん》は知《し》ろうはずもないのに

彼《かれ》の体《からだ》には傷跡《きずあと》がありありと見《み》える
でも少年《しょうねん》は明《あか》るく生《い》きようとする
歩《ある》けなくとも精《せい》いっぱいに
与《あた》えられた時間《じかん》を
友《とも》だちとふざけたり　笑《わら》わせたり
彼《かれ》は今日《きょう》も車《くるま》いすに乗《の》り
グランドへ出《で》てはしゃいでいるだろうか　ああ
三十二年《さんじゅうにねん》たった今《いま》
苦《くる》しくも熱《あつ》く短《みじか》いかもしれない
この少年《しょうねん》はまもなく青春《せいしゅん》を迎《むか》える
彼《かれ》の胸《むね》の奥《おく》には何《なに》が秘《ひ》められてるのだろうか

戦争《せんそう》が三十二年《さんじゅうにねん》もの遠《とお》い過去《かこ》の過《あやま》ちになった
今《いま》こそぼくたち若者《わかもの》が祈《いの》りと願《ねが》いをこめて
声高《こえたか》らかに歌《うた》おう平和《へいわ》の歌《うた》を
あの遠《とお》い昔《むかし》の過《あやま》ちを繰《く》り返《かえ》さないために

「ノウゼンカズラ」『おかえり』と父《ちち》の笑《え》顔《がお》。汗《あせ》を流《なが》しながら
アイロンをかける大《おお》きな背中《せなか》、遠《とお》い思《おも》い出《で》。

心《こころ》がすり切《き》れるまえに

こうしている間《あいだ》にも
老《お》いて行《い》く父《ちち》や母《はは》
やがて永遠《えいえん》の別《わか》れの時《とき》が来《く》る
自分《じぶん》が気付《きづ》かないうちに
少《すこ》しずつ少《すこ》しずつ近《ちか》づいている
体《からだ》にはまだ疲《つか》れが残《のこ》っている
でも何《なん》とか何《なん》とかしなければ
お互《たが》いの心《こころ》がすり切《き》れるまえに

「たんぽぽ」たくさんの綿毛《わたげ》になってまた旅《たび》が始《はじ》まる。
―幸《しあわ》せの黄色《きいろ》―

ある日《ひ》の新聞《しんぶん》に

ある日《ひ》新聞《しんぶん》の片隅《かたすみ》に
小《ちい》さく記《しる》されたそのことばに息《いき》をのんだ
それは老夫婦《ろうふうふ》が体《からだ》の不自由《ふじゆう》な息子《むすこ》を絞《し》め殺《ころ》す——と
背筋《せすじ》が冷《ひ》えて唇《くちびる》をわなわなさせながら
こんなのもういやと
びりびりとただがむしゃらに新聞《しんぶん》を引《ひ》きちぎり
そして私《わたし》は泣《な》いた
明日《あした》は自分《じぶん》がそうなるかもしれない——と

私《わたし》たちはこの世《よ》に生《う》まれてこないほうがよかったのか
私《わたし》たちは何《なに》も知《し》らずに生《う》まれてきた
なのに　生《い》きることさえも死《し》ぬことさえも許《ゆる》されないのか
しばらくたったある日《ひ》　テレビのニュースはこう伝《つた》えた
父《ちち》　無罪《むざい》―と
私《わたし》たちの命《いのち》は　そんなにも　そんなにも　軽《かる》いのか
罪《つみ》には　ならんのか
体《からだ》の不自由《ふじゆう》な者《もの》を殺《ころ》しても
私《わたし》たちは何《なに》も知《し》らずに生《う》まれてきた
なのに　生《い》きてはいけないの
寝床《ねどこ》でこぶしを握《にぎ》りしめて
ふとんをかぶり　泣《な》いた

風《かぜ》に乗《の》る雲《くも》

空《そら》の雲《くも》を
しばらく　じっと
見《み》ていてごらん
風《かぜ》に流《なが》されて
くっついたり　離《はな》れたり
追《お》いかけっこしたり
ぼくたちみたいだね
雲《くも》ってさ

ねえ　そう思《おも》わないかい　きみは
ぼくたちは
時《とき》という風《かぜ》に乗《の》っている
雲《くも》さ

ねえ　どうしてあなたは行《い》くの？
せっかく仲間《なかま》ができそうだというのに

答《こた》えは簡単《かんたん》なことなのさ
心《こころ》が離《はな》れて行《い》っただけだ
彼《かれ》らがぼくを引《ひ》き込《こ》もうと

すればするほど
ぼくの心《こころ》は離《はな》れて行《い》った

ねえ　そんなに困《こま》ったような顔《かお》しないで
これは誰《だれ》のせいでもないさ
また戻《もど》ってくるかこないか
今《いま》のぼくには　言《い》えない

だってさ　人《ひと》は
時《とき》という　風《かぜ》に流《なが》されている
雲《くも》だから

「あざみ」地味《じみ》な花《はな》だけど、新緑《しんりょく》の季節《きせつ》にはひときわ輝《かがや》いている。

泣《な》き虫《むし》こうちゃん

泣《な》き虫《むし》こうちゃんが
もうすぐ兄《にい》ちゃんになる
—はやく　出《で》ておいで　遊《あそ》んで　あげる—
なんて言《い》っているけど
どうなることやら

「デルフィニウム」ソーダ水《すい》の水玉《みずたま》がはじけるような、
みず色《いろ》のファンタジー。

プール・1《いち》

プールに飛《と》び込《こ》んで
もがき泳《およ》いで
引《ひ》っぱり上《あ》げられて　しばらくは
何《なに》も聞《き》こえない
風《かぜ》の音《おと》がかすかに聞《き》こえるだけ
その時《とき》
遠《とお》くでだれかが歌《うた》っている
竪琴《たてごと》を静《しず》かに奏《かな》でて

澄《す》みきった可憐《かれん》な声《こえ》で

あなたはだあれ?と
尋《たず》ねたくなったとき
ピタッと歌《うた》はやんで
気《き》がつくと
わたしは
母《はは》の腕《うで》に支《ささ》えられ
飲《の》み込《こ》んだ水《みず》を
吹《ふ》き出《だ》していた

プール・2《に》

泣《な》き出《だ》しそうな
空《そら》の下《した》で
泳《およ》いだ　ふたり
大《おお》きくなったな
小《ちい》さくってやせっぽちだったのに
つぶやくように言《い》った
あたしだって　いつまでも
あの時《とき》のまんまじゃいられないのよ

そういうあなたこそ
めまぐるしく変《か》わっていったくせに

「ひまわり」入院中《にゅういんちゅう》、願《ねが》いを込《こ》めて書《か》きました。元気《げんき》が出《で》るようにと…。

車《くるま》の中《なか》で

奈良《なら》から天王寺《てんのうじ》へと　夜更《よふ》けの道《みち》を走《はし》って行《い》く
まどろんだようなネオンの明《あ》かりにあなたの横顔《よこがお》が照《て》らされた
みつめていたかったけど　みつめていれば涙《なみだ》がほおを伝《つた》いそう
手《て》も足《あし》も　見《み》かけ倒《だお》しで
みそ汁《しる》一杯《いっぱい》も作《つく》れない　たった一杯《いっぱい》のお茶《ちゃ》さえもいれられない
あなたに無理《むり》なことを言《い》っている自分《じぶん》が
もどかしい　もどかしい
誰《だれ》がこの手《て》を　この足《あし》を　見《み》かけ倒《だお》しにしたのですか
あなたから目《め》をそらし　過《す》ぎて行《い》く夜景《やけい》を見《み》てると

腹《はら》へったやろと　妹《いもうと》に言《い》うように
あなたは視線《しせん》をこちらに向《む》けた
みそ汁一杯《しるいっぱい》も作《つく》れない
たった一杯《いっぱい》のお茶《ちゃ》さえ沸《わ》かせない
あなたはほんとうにやさしいひとだから
やるせなくて　くやしくて
誰《だれ》がこの手《て》を　この足《あし》を　見《み》かけ倒《だお》しにしたのですか
あなたの手《て》を見《み》てると
ふかしてたたばこを突《つ》き出《だ》して
吸《す》うてみろよと
煙《けむり》を吹《ふ》きかけて
あなたはいたずらっぽい笑《え》みを浮《う》かべた

あなたのお部屋《へや》

ドアをあけると
もうそこは
知《し》らない世界《せかい》
今《いま》まで見《み》たこともなかった
もう一人《ひとり》のあなたの世界《せかい》

「ポインセチア」聖夜《せいや》を華《はな》やかに迎《むか》えてくれる。
メリークリスマス。

空港《くうこう》にて

さわやかな風《かぜ》が
二人《ふたり》の髪《かみ》をなでて
夏《なつ》の終《お》わりを告《つ》げてます

いま飛行機《ひこうき》が降《お》りて来《き》ました
流《なが》れ星《ぼし》が落《お》ちたみたいよ
ダイヤモンドに輝《かがや》いて
しあわせそう
いまのわたしみたいね

「紫陽花《あじさい》」雨上《あめあ》がり。雫《しずく》に揺《ゆ》れる虹色絵《にじいろえ》の具《ぐ》。

港《みなと》にて

ドライブしよう
お祝《いわ》いだ
と言《い》って
港《みなと》へ連《つ》れて行《い》ってくれたあなた
都会《とかい》の海《うみ》は青《あお》くなくて
死《し》んだようにむなしく見《み》えた

今日《きょう》の海《うみ》みたいに

あなたの心《こころ》が死《し》んでしまうまえに
帰《かえ》って来《き》て
ふるさとに

田舎《いなか》に帰《かえ》ると
なんかほっとして寝《ね》てしまうと
さみしそうに笑《わら》うあなた

だけど

やせた腕《うで》に抱《だ》かれて
あなたの胸《むね》の音《おと》聞《き》いてみるの
そしたら何《なん》だか不安《ふあん》になってきて
思《おも》わず言《い》っちゃったの
このままじゃったらいつか倒《たお》れてしまうよと
アスファルトばかりで
緑《みどり》のかけらもない
乾《かわ》き切《き》った都会《とかい》で暮《く》らすあなた

あなたの　プライベートも乾《かわ》き切《き》っているわ
女《おんな》らしいことはできないわたし
だけど
心《こころ》は潤《うるお》せるかもしれない
コンクリートとビルの中《なか》で
夏《なつ》の日《ひ》があなたを炒《い》りつける
ああ　ああ　ああ
あなたが都会《とかい》にむしばまれてゆくよ
自分《じぶん》のこともかなわないわたし
だけど
あなたを笑《わら》わせることはできるわ

誰《だれ》かのにおい

おやすみ　よく寝《ね》ろよ
と彼《かれ》は私《わたし》の頭《あたま》を
枕《まくら》にそうっと乗《の》せて
そして髪《かみ》をなでた
わたしが小《ちい》さく笑《わら》って
おやすみなさいって言《い》うと
ドアから顔《かお》だけ出《だ》して
ほほえんで　それからドアをパタンと閉《と》じた

そのあと私《わたし》は薄暗《うすぐら》い部屋《へや》を見回《みまわ》した
ベッドにしみついた彼《かれ》のにおいが
私《わたし》を包《つつ》み込《こ》んでいった
妙《みょう》な安心感《あんしんかん》がどこからか湧《わ》いてきて
まどろみはじめた
誰《だれ》かのにおいと似《に》てる　懐《なつか》しいな…
そう思《おも》いながら
いつしか眠《ねむ》った
朝《あさ》が来《き》た
目《め》をあけると彼《かれ》が
めがね越《ご》しに私《わたし》をみつめていた
やさしい目《め》をして…

クリスタル

あなたの　こころは
クリスタル
とうめいで
やさしくて　つめたい
クリスタル
ややも　すれば
こなごなに　してしまいそうで
こわい…
クリスタルは
あなた　そのまま…

「どくだみ草《そう》」吹《ふ》き出物《でもの》ができると鼻《はな》をつまんで飲《の》んだ煎《せん》じ薬《ぐすり》。

障害《しょうがい》を担《にな》ってるからこそ

人《ひと》は誰《だれ》も
愛《あい》し　愛《あい》されたいと思《おも》うもの
人《ひと》は誰《だれ》もその時《とき》が来《く》れば
恋《こい》をするの
障　害《しょうがい》になってるからこそ
見《み》えないものが見《み》えてくるのよ
心《こころ》の奥《おく》まで
みてくれではなくて
ほんとうのやさしさにめぐり会《あ》える

だけど　そのやさしさに
こたえようとしたとき
途方《とほう》もなく部厚《ぶあつ》い　壁《かべ》に変《か》わるのだ
神《かみ》よ　あなたはなんと意地悪《いじわる》な方《かた》なのだ
めぐり会《あ》わせておきながら
引《ひ》き裂《さ》こうとなさる
そして私《わたし》の
みじめさだけを浮《う》き彫《ぼ》りにする
障害《しょうがい》
それを超《こ》えた
愛《あい》こそ
ほんとうに　尊《とうと》い　愛《あい》なのだ

無《む》題《だい》

久《ひさ》しぶりに
あなたのお母《かあ》さんに会《あ》って来《き》ました
大《おお》きくなったわね
と　ほほえんで　話《はな》しかけられる
そのやさしいひとみの奥《おく》に
言《い》いようのないさみしさを
みつけたとき
何《なに》を言《い》っていいのか
わからなかったわたしです

お母《かあ》さんの
髪《かみ》には　白《しろ》いものが目《め》につきます
どうぞ　中《なか》へと　言《い》われたけれど
先《さき》を急《いそ》いでいたのでお断《ことわ》りしました
明《あか》るい子《こ》だった　と話《はな》されたとき
涙《なみだ》が一筋《ひとすじ》
伝《つた》うのを見《み》ました
あなたは今《いま》も　生《い》きています
お母《かあ》さんの胸《むね》の中《なか》に
明《あか》るい少年《しょうねん》のままで
お母《かあ》さんからあなたを奪《うば》ったのは
何《なん》なのでしょうか

筋《きん》ジストロフィのあなたへ

今日《きょう》　近《ちか》くの人《ひと》が　白無垢《しろむく》に包《つつ》まれて　嫁《とつ》いでいかれました
黒《くろ》いタクシーに乗《の》られた　その時《とき》の　白《しろ》い横顔《よこがお》が
不意《ふい》に　あなたのことを思《おも》い出《だ》させたのです

もう　これだけしか　力《ちから》　無《な》いの　と　さみしく笑《わら》うあなたに
私《わたし》のほうが　悲《かな》しくなって
もう一度《いちど》思《おも》いっきり手《て》を握《にぎ》って—　と言《い》い　手《て》を出《だ》した
すると　あなたは

歯《は》を食《く》いしばり　あらん限《かぎ》りの力《ちから》をふりしぼり
私《わたし》の手《て》を握《にぎ》ったけれど
痛《いた》くはなかった
それで私《わたし》は　なおいっそう悲《かな》しくなった

あなたが　得体《えたい》の知《し》れない病《やまい》にとりつかれたのは
娘《むすめ》ざかりの　ころ
希望《きぼう》に胸《むね》をふくらませていた
その　とき
あなたの闘《たたか》いは始《はじ》まったのですね

普通《ふつう》ならあなたは
もう
かわいい　ぼうやの
手《て》を引《ひ》いていても
いいはずなのに

「都《みやこ》忘《わす》れ」ふと、あの頃《ころ》を思《おも》う。ごめんね、さようなら、
そしてありがとう。

ただの…

歩《ある》けない
ということで
人《ひと》は私《わたし》を
へんだとか　かわいそうだとか
勝手《かって》なことばかり口《くち》にする
詩《し》を書《か》けば
偉《えら》いなあだとか
よく書《か》くなあとか
言《い》われる

けれど
私《わたし》を　何《なん》の変哲《へんてつ》もない
ただの十九《じゅうく》の女《おんな》の子《こ》としては
受《う》けとめてはもらえないのですか
と　叫《さけ》びたくなる
でも　何《なに》に向《む》かって叫《さけ》べば
いいのだろう
わからない
いっぱい　ありすぎて
私《わたし》は女《おんな》の子《こ》
どこにでもいるような
ただの　ただの　女《おんな》の子《こ》

青春《せいしゅん》の一里塚《いちりづか》

母《はは》に書《か》いてもらった
履歴書《りれきしょ》を読《よ》み返《かえ》してみる
いろんなことがあったなって
われながらよくここまで生《い》きてこられた
と　感《かん》じてしまったのです

はたちといえば
希望《きぼう》に満《み》ちている
ということばがぴったりとくるほかの人《ひと》を見《み》ると

なんだかうらめしく思《おも》えてきます
それは私《わたし》のひがみでしょうか?

私《わたし》は　これからも
自分《じぶん》の体《からだ》の中《なか》にいる
だだっ子《こ》とけんかしながら　生《い》きていかなくてはなりません
つらくても　悲《かな》しくても
さみしくても　やるせなくても
自分《じぶん》に与《あた》えられた時《とき》を生《い》きて行《い》かねばならないのです

そんな私《わたし》の青春《せいしゅん》の一里塚《いちりづか》
それがこの詩集《ししゅう》です

野《の》に咲《さ》く花《はな》で…

野《の》に咲《さ》く花《はな》でいたい
踏《ふ》まれても　踏《ふ》まれても
咲《さ》くときが来《き》たら　かならず咲《さ》くような
そんな花《はな》に　そんな花《はな》に　なりたいの

温室《おんしつ》のカトレアは
きれいでも　きれいでも
北風《きたかぜ》が吹《ふ》けば　まっさきに枯《か》れてゆく

弱《よわ》い花《はな》よ　こんな花《はな》は　あわれです
香《かお》りを放《はな》つ花《はな》ならば
におっても　におっても
実《み》を結《むす》ぶことができず　枯《か》れてゆくの
かなしくてあでやかな花《はな》は　いやです

太陽《たいよう》を求《もと》めて回《まわ》る　ひまわりのように明《あか》るく
北風《きたかぜ》の中《なか》で咲《さ》く　山茶花《さざんか》のように強《つよ》く
そして大《おお》きな実《み》を結《むす》ぶ蜜柑《みかん》みたいな花《はな》に
わたしはなりたい

あとがき

宮地　英雄（広島県立福山養護学校教諭）

妙見幸子さんが自分の意思を紙面に書き表わし、それが人にどうにかわかってもらえるようになったのは中学二年生（昭和四十七年）の時でした。というのは、それまで本人がいくら努力して書いても、書かれた字は人にわかってもらえるような字形にならなかったからです。

中学二年生のおわりごろ、当時若草園福山分園内の施設内学級で中学部を指導されていた先生方が、授業に電動タイプライターを導入されました。それまで、鉛筆を持つ、手を動かす、字の形を整える、そんな努力が本人にとってどんなに負担になってきていたことでしょう。そのために頭で考えることが半減されていたのではないかと思われます。そんなわずらわしさから解放されるときが来たのです。

電動タイプと当時の施設内学級の先生方との出会いが妙見さんにとってひとつの転機になったのではないでしょうか。

私は当時施設内学級の小学部を担当していたので直接妙見さんと関わることが少なかったのですが、中学部でつくられた文集を見せていただいている時、妙見さんの電動タイプで打たれた一編の詩に心を動かされました。

私自身詩なるものはよくわかりませんが、障害のために自分の思っていることを表現しようとしてもなかなかそれができず苦悩している子どもたちが、なにかのきっかけで表出したわずかな詩を見るにつけ、実にけがれのない、この世にない美しさをこれまで幾度となく感じてきました。妙見さんのはじめてつくった詩もそうでした。その詩がいみじくも昭和五十一年九月奈良でひらかれた「わたぼうし音楽祭」の入選作になった「小さな想い出」（六〇ページ）です。はじめての詩が四年後に後世の多くの人々に披露されて大きな感動をよびました。

このことがまた妙見さんにとって一つの転機になったのではないでしょうか。

私と「わたぼうしコンサート」との関わりはほんのちょっとしたきっかけからでしたが、それが妙見さんにも関わりをもってきたのですから、今さらながら不思議にさえ思っています。人生、出会いがあるから楽しいのだとよく言われますが、この詩集を通して多くの人とつながりがもたれることを願っています。

お祝いのことば

出内　博都（広島県立福山養護学校校長）

このたび、本校の卒業生妙見幸子さんの『詩集　雪の花びら』が出版されることになりました。心からお祝い申し上げます。

私が妙見さんと直接の関わりをもつようになったのは、彼女が高等部に入学してきた昭和四十九年の四月からです。若草園福山分園の施設内学級から高等部へ入学し、施設を出て寄宿舎生活をすることになった妙見さんにとって、三年間の高等部生活は大変だったと思います。学校での教室移動、寄宿舎における自立生活……、あれこれ配慮したつもりでも、障害の重い妙見さんには大きな負担だったと思います。どんなことがあっても勉強だけは続けたいというひたむきな情熱と、あの小さな体のどこにあるのかと思わされる強い意志でがんばる日々が続きました。

私も国語や、社会科の授業を通してこうした妙見さんのひたむきな姿と、すばらしい感覚の持ち主であることに感心させられたものです。しかし現実はいかんともしがたく、強い意志と情熱にもかかわらず疲れが重なり、欠席の日が多くなるばかりでした。一日きては三日休み、三日出席しては一週間欠席するという日が続きました。こうしたなかでも妙見さんの学業への情熱は衰えませんでした。結局お母さんがつきそって、尾道から電車とスクールバスを乗り継いで通学することになりました。こうした苦闘のなかで、読書と作詩（タイプライティング）が生活の支えでした。緊張がひどい時には頭のゆれがひどく、文字を見ることがいちじるしく目の負担になり、視神経をおかされ、唯一の支えである読書すら断念せざるをえない時期もありました。

こうして三年間、とにかくひたむきに闘い抜いたという感じで卒業していきました。

卒業をひかえて、いろいろ進路を考える日々が続きました。妙見さんの進路をどう考えるかということは大きな課題でした。担任の先生を通して私が聞いたところでは、妙見さんは「私は恵まれない人や障害に苦しむ人をなぐさめ、力づける仕事がしたい」と言っているということでした。月並みなことしか案に出ない私はすぐに、ケースワーカーとか、カウンセラーとかの職業を考え、頭をかかえさせられたものでした。結局、在宅生活することにしかならなかったのですが、今にして思えば妙見さんは、自分の〝生きる証《あかし》〟として作詩に情熱をもやし、そしてその詩が、いつかどこかで、傷ついた人や苦しむ人への慰めとなり力づけとなることを信じ、願っていたのだと思いしらされます。

妙見さんと詩を考えるときに、二つの大きな契機があったと思います。一つはたしか中学二年のときだったと思います。学校や若草園の先生のお骨おりで電気タイプライターが与えられたときです。四肢、体幹、言語に障害を持つ彼女は、心の叫びを訴える術《すべ》もなく、深く心にかみしめるだけだったと思います。

そこへ電動タイプライターが出現し、それこそ血のにじむような努力の結果、点が文字になり、文字が文となり詩となっていくようになりました。こうした努力を続けるうちに第二の契機が訪れました。

奈良県の〝わたぼうしの会〟の詩の募集に応じ、入選しました。〝小さな想い出〟という詩に曲がつけられ、昭和五十一年八月の福山コンサートで発表され、多くの人々に感銘を与えました。その後は妙見さんの心の叫びである珠玉の詩編が、文集や雑誌の紙面を飾るようにもなりました。

このたび、東方出版はじめ多くの方々のお世話で詩集ができました。妙見さんが卒業前にひそかに誓った「人々を力づけるしごと」はこういう形で少しずつみのりつつあるのだと思います。どうか妙見さんの〝生きる証〟としてのこの詩が、ひとりでも多くの人々に、生きる力を与えることを祈ってお祝いのことばにいたします。

昭和五十二年十二月

「さっちゃん」のこと

志賀　兼允（尾道市長江中学校訪問教師）

全身に力をこめ、思いっきり投げつけられた一編の詩の思いが、長い間の巡りを経て、ゆっくりと、確実なひびきをもって、水紋のごとく広がり、それが人々の思いを揺り動かし、そして、巡りを広げて、詩集として、いま、ここに確かに組まれたことの、そのことの重味を、まず、共にゆったりと、それぞれの背に負い続けてみたいと思います。

「さっちゃん」との出会いは、一編の詩「残り火のように」（一四四ページ）から始まりました。

日々の思いを電動タイプライターに委ね、ことば一つ一つを選び出し、そのことば一つ一つに生活の鎬《しのぎ》をゆったりと打ち込んでいくとき、ひとりの生活者のもつ歴史の荘厳さが、私たちの胸を鋭く打ち、日々の怯惰《きょうだ》を照らし出し、心をしっかりととらえました。日々の絶え間なき必要を守りつつ、詩をもってみずからの生命を必死にともし続ける人間の営みの真髄をみせつけられた―そんな思いが私たちをまずもって「さっちゃん」に近づけさせたのです。

「さっちゃん」はとても明るい人です。

そりゃぁどうしようもないくらいおおらかな人です。

一体全体、あの明るさとおおらかさは何なのだろうかと不思議に思われるくらいです。

こうして「さっちゃん」の詩は、私たちを大きく変え、成長させてくれました。共に学び高めあう心を、見事にはぐくんでくれました。

尾道の「障害者問題を考える会」《ふりひだむ》の結成が、彼女の生きざまに触発されたものであることはいなめないことですし、それを核に、多くの人々がその輪を広げていったのも事実です。

様々な人々の関わりによってこの詩集は世に出ることになりました。心からの感謝の意をお伝えしたいと思います。

そして「妙見幸子」を、かくも大きく育ててこられた「さっちゃんのお母さん」に、そしてそれを支える「ふりひだむ」の面々に、深く敬意を表し、今後の「障害者」問題解決への展開を期待したいと思います。

「彼岸花《ひがんばな》」土《つち》にかえった懐《なつ》かしい笑顔《えがお》が今年《ことし》もにぎやかに咲《さ》き並《なら》ぶ。

詩集『雪の花びら ―電動タイプでうたう―』新訂版

妙見幸子さんに贈ることば

住居　広士（県立広島大学大学院教授）

電動タイプライターによる『雪の花びら』の妙見幸子さんの詩集は、彼女が生まれてから十数年間も自らの文字が途絶えていた世界から開花してきました。身の回りの世界はいたるところ障害だらけでも、心だけは自由に羽ばたいていたのです。その心との交流が、この詩集により夢や現実の世界へ我々を連れ立ってくれるのです。我々には妙見幸子さんと同じような体験はできませんし、それを想像することもできません。しかし詩集の中の世界により、我々に同じような体験と想像を広げてくれるのです。いつまでも妙見さん一家からいただきました「心の元気」にお返しをするにも、我々ができることは編集作業をしながら詩集『雪の花びら』新訂版の編集のお手伝いをすることしかできません。いろいろな支援者の輪を今回の新訂版でますます広げながら、同じ時代を共に過ごす仲間として、ともにその夢と現実をわかち合いましょう。美しい花びらが咲きながら散って行くのは、新しい福祉の芽を育てることであり、やがて将来に美しい花びらを再び咲かすためです。自らの人生のみの美しさだけを求めるだけで終わるのではなく、この世界の中で新しく幸福な人生を育てるために、それぞれの人生の花びらを精一杯に咲かせましょう。それがまた新しい幸福な人生を生み出してくれる小さな想い出を我々に残してくれるのです。美しい「小さな想い出」のフレーズが、我々の人生にそれをささやいてくれています。…まるで花びらのように　落ちてくる白い雪よ、小さなやさしい想い出を作ってくれてありがとう。妙見幸子さん、まるで花びらのように、詩集が開花してくる『雪の花びら』よ、小さな想い出を我々に作ってくれてありがとう。小さな想い出を作ってくれてありがとう。

最後になりますが、『雪の花びら』初版の出版では東方出版の切明悟・切明千枝子さま、新訂版の出版では大学教育出版の佐藤守・安田愛さまのご支援に心から感謝申し上げます。

松本　百合美（新見公立短期大学）

妙見幸子さんとの出会いは、この詩集『雪の花びら』が出版された頃だったと思う。お母さん（故尚美）が嬉しそうに、「こんな本ができたんよ。」とみせて下さった記憶がある。ほんの僅かな期間のお付き合いで、その後二十年近くお会いすることもなく過ごしてきた。

高校生だった私に、その頃の妙見さんの言葉や、遠方のお友達に会いに行くのに同行させてもらった時のことは、私の中の介護観や福祉への思いに影響を与え、それを私は、介護福祉士を目指す若い人たちに伝えている。

今回、この詩集の新訂版がきっかけで、本当に偶然に再会することができた。新訂版にあたり、「はじめに」などを口述筆記するうちに、あの頃と少しも変わらないあつい思いと、重ねた歳の数倍の深みが、ことばとことばの間を紡いでいく。電動タイプから溢れ出した糸が、時間という横糸で今また新しい一枚の布に織り上げて行く。そこかしこでは、妙見さんが誰かに渡した糸に、若い人たちが自分の糸を結び付けて、また別の布を織り始めるだろう。

私は妙見さんに、新しい「今」の糸を紡いでほしいと願っている。お互いにもう若くはないから、艶やかな絹糸は無理でも、木綿糸でいいじゃない。絣のような、たくましいのができると思うよ。

棚田　裕二

妙見幸子さん、お母さん（故尚美）、詩集『雪の花びら』新訂版のご出版おめでとうございます。この出版にあたり、お二人と共に編集させていただけたことを大変嬉しく思います。誠に感謝いたします。

お二人と初めてお会いしたのは、ある研修会でした。そこで「何て真っ直ぐで素直に生きていらっしゃるのだろうか」と感じたことが今でも心に残っています。幸子さんは、この本にもありますが、〝喜〟、〝怒〟、〝哀〟、〝楽〟というご自身の気持ちが本当に素直に表れています。しかしながら、その表現が相手に上手く伝わらなかったことはあったのではないでしょうか。それは障害があったからだけではなく、ただ自分の気持ちを相手に伝えることの難しさをきっと感じていたと思います。私も日々感じていることです。伝えることは相手のことを考え、相手の気持ちになり、相手と物事を共感する姿勢が必要となります。今、この当たり前のことができなくなっている現状を感じています。私自身、そしてこの社会にも。そのような時にこの幸子さんの『雪の花びら』に教えられたことは多くあります。この本の詩には、常に相手がいます。その相手に対して、幸子さんは本当に素直な気持ちで向かい合っていらっしゃる印象を受けます。素直な気持ちで向かい合うことの大切さを私はこれからも大切にしていきたいと思っています。

本当に幸子さんと出会えて、また皆さんと出会えて、誠に感謝いたします。

石田　真裕美

私が初めて出会った妙見幸子さんの作品は、この本の最初にも載っている「小さな想い出」という曲です。この曲は優しい詩にふんわりとしたメロディが組み合わさって、聴いていると本当に雪が降っている情景が見えるかのようでした。この本の題名『雪の花びら』が

「小さな想い出」の一部から取られたものだということを聞いたとき、とても納得したものです。こんな詩を書ける人とは一体どんな人なのだろう、どんなことを考えて、どんなことを思っている人なのだろうと考えていた頃に、この本の新訂版の編集を手伝わないかというお話をいただきました。妙見さんの作品をたくさん拝見することができ、直接妙見さんとも対面する機会も多く、この本の編集に携わることができてとても嬉しかったです。

妙見幸子さんは楽しく面白い人です。会話中に冗談を言い、相手を和ませたり笑わせたりするのが上手で、私もはじめ緊張していた頃、よく笑わせてもらっていました。そして幸子さんの詩には不思議な力があります。伝えたい、わかって欲しいという想いからくるからなのか私には分かりませんが、幸子さんの詩は心に鮮明に残ります。その詩の中の風景も図らずとも、自然と頭の中に広がってくるのです。幸子さんにはこれからもそんな素敵な詩をつくってみんなに元気を分けていってほしいです。

有村　大士（日本子ども家庭総合研究所）

はじめてお会いしたのは、私が大学生の頃でしたね。その頃私は、自分が福祉の分野へ進むとは考えていませんでしたので、全くの素人のボランティアでした。当時は移乗の方法をはじめ、何も知りませんでしたが、奈良や京都に旅行に行くお供をさせていただいたことをはじめ、いい思い出として残っています。

たまに、移乗の時に失敗したり、食事介護中に好きだったプチトマトを落としてしまったり、上手な介護ができませんでしたが、それでもいいと許してもらったことがとても強く印象に残っています。

私が幸子さんといて感じたことは、介護ももちろん大事ですが、それよりもお互いを分かりあえることそのものや、その気持ちがとても大事で、そういった意味では介護もコミュニケーションの一部分にすぎない場合もあるということです。そこには自分の専門分野や違いなどを超えた、人としてお互いに違う魅力や能力があるからこそのコミュニケーションの楽しさがあるといつも感じています。

現在は広島から離れ、なかなかお会いすることもできなくなってきましたが、いいことも悪いことも含め、お互いの近況報告を話すこと自体が楽しいですよね。正直なところ、私は介護はあまり上手な方だと思いませんが、折りを見て、またお会いしたり、お出かけしたりできればと思います。出会いに感謝しています。

國定　美香（福山市立女子短期大学）

詩集『雪の花びら』新訂版のご出版、本当におめでとうございます。この詩集を読ませていただき、詩集に綴られた、みごとな言葉の花々に感動せずにはいられませんでした。「言葉の花々」という表現には、私の詩集への思いが詰まっています。まず、詩集のタイトルでもある『雪の花びら』の花です。そして、大好きな詩の一つである「小さな想い出」の中の花です。「小さな想い出」の中の「…まるで花びらのように　落ちてくる白い雪よ…」の「花びら」は、私の想像の中では、満開の桜が散りゆく様に似ています。美しいと思う反面、心が切なくなるような…思いです。「白い雪」の白は、空を見つめる幼い妙見さんの純粋なまなざし、と同時に寒さを感じさせないお母さん（故尚美）の身体のぬくもりがそばにあることも感じます。妙見さんの詩には、読む者へのメッセージが詰まっています。引き込まれずにいられない、妙見さんの詩の世界は、透明で、純粋で、たくましく、エネルギーを与えてくれます。実際に、私は、以前から「小さな想い出」をたびたび読み返し、図書館で妙見さんの出版されている他の詩集を借りて読ませていただき、元気づけられたことも幾度となくあります。

これからも、妙見さんのファンのために、そして、これから妙見さんの詩に出会う人たちのために、妙見さんにしか、表現できない詩を作り続けて欲しいと心から願っています。

笠原　幸子（四天王寺国際仏教大学）

永六輔さんの『大往生』という本の中に、「生きているということは誰かに借りをつくること、生きてゆくということはその借りを返してゆくこと、誰かに借りたら誰かに返そう、誰かにそうしてもらったように誰かにそうしてあげよう」という言葉がありました。私の好きな言葉です。人間って誰もが、誰かからの親切や好意を受けなければ生きてゆけないし、誰もがその方法は違っても、誰かに親切やお世話や好意のお返しをしていこうという生き方、これが生活の質（ＱＯＬ）の高い生き方のような気がします。

妙見幸子さんに初めて会ったのは、三原市での第十四回日本介護福祉学会大会の時でした。その時の幸子さんとお母さま（故尚美）の素直でまっとうな語りに私は深く心を動かされました。あなたとお母さまの生きてきた道筋は私などの想像も及ばぬものだと思いました。たくさんのエネルギーをいただいたように感じました。ありがとうございました。

人には避けたいといくら願っても、叶えられないことがありますね。私は、無限の未来を持っていた大切な長女である美紀子を失いました。私自身を失っても失いたくない人でした。妙見幸子さんの詩は、「人生、悲しい部分ばっかり見ていたら生きていけないよ。人生は一度っきりだから、二度も三度もないんだから。目を閉じていたら前に進めない」って、私に語ってくれました。くじけそうになったとき、エールを送ってくれました。

あなたの詩には、私の経験したことのないような現実がぎっしり詰まっています。太刀打ちできない何かに対する尊敬とか感謝の気持ちとかが自然と湧いてきます。幸子さん、私はあなたの詩にケアされました。私はあなたに少しでもケアできるでしょうか。詩集『雪の花びら』新訂版のご出版おめでとうございます。

久留井　真理

妙見幸子さん、詩集『雪の花びら』新訂版のご出版、おめでとうございます。そして、本の表紙に、私の絵を使っていただき大変嬉しく思っています。ありがとうございました。『雪の花びら』と出合ったのは二年前、「雪の花びらを新訂版にするに際して、久留井さんの絵を使いたい。」とお話を頂いたときでした。妙見さんの詩は、どれも純粋でまっすぐで、ときには切なくて胸がキュンとしたり、ときには暖かくやさしく話し掛けてきます。

平成十九年六月六日、県立広島大学三原キャンパスで、妙見さんとお会いする事が出来ました。元気なお母さんと一緒でした。第一印象は両方のほっぺにあるえくぼ。笑顔が素敵で、とにかく明るい。お話をしながら、とても前向きな姿勢の中に、周りを思いやるやさしさも感じました。お会いした後、もう一度『雪の花びら』を開いてみました。詩の一つ一つは、もっともっと純粋でまっすぐに感じ、相変わらず暖かくやさしく話し掛けてきながらも、たくましく力強く響いて来ました。

私は絵を描いていると、嫌な事は忘れて、穏やかな気持ちになってきます。大好きなCDを聴きながら「やさしい色になあれ、やさしい形になあれ。」と願いながら筆を進め、思い通りに出来上がると、幸せいっぱいになり、嬉しくて嬉しくてたまりません。表紙に使っていただいた「桜」も、幸せいっぱいになれた作品の一枚です。この絵が妙見さんの詩と一つになれて、もっともっと暖かい気持ちになっていただけますように…。

久留井　真理

一九九四年一月、私は交通事故により〃頸髄損傷〃という生まれてはじめて聞く病名を告げられました。一瞬にしてピクリとも手足が動かなくなりました。受傷後一ヶ月近く呼吸器を着けていましたが、おしゃべりな私の為に神様がプレゼントしてくれたのでしょう、〃呼吸器を外すこと〃を。リハビリの為に始めた絵も初めは辛かったけど、今では自由の効かないイライラを一筆毎に解きほどいてくれるひとときとなりました。（花の絵はがき「花の日々」・花のカレンダー「花の日々」他）

花《はな》の日々《ひび》 ―イラスト 目《もく》次《じ》―

母《はは》からのことば

昭和三十三年三月四日《しょうわさんじゅうさんねんさんがつよっか》、七《なな》か月《げつ》の未熟児《みじゅくじ》で早産《そうざん》。生後一週間目《せいごいっしゅうかんめ》、目《め》が覚《さ》めたら自分《じぶん》だけ羽布団《はねぶとん》をかけて、一緒《いっしょ》に寝《ね》ていた幸子《さちこ》にはかかっていなかったのでびっくりしたとたん、幸子《さちこ》の呼吸《こきゅう》が止《と》まり、顔色《かおいろ》がさっと変《か》わった。大急《おおいそ》ぎで産婦人科《さんふじんか》の先生《せんせい》が来《き》て人工呼吸《じんこうこきゅう》をして生《い》き返《かえ》ったが、退院《たいいん》してもそのことについて家族《かぞく》には言《い》えないままだった。

〝財《ざい》は天《てん》に積《つ》め　地《ち》に積《つ》むな〟という聖書《せいしょ》の言葉《ことば》に感動《かんどう》していた私《わたし》は、この方針《ほうしん》で子育《こそだ》てをしてきた。幸子《さちこ》が赤《あか》ちゃんのとき近《ちか》くの幼稚園《ようちえん》から、ありったけしレコードを借《か》りて、録音《ろくおん》した音楽《おんがく》を流《なが》して育《そだ》てた。本《ほん》も毎晩《まいばん》のように声《こえ》を出《だ》して読《よ》んで聴《き》かせていた。

一歳《いっさい》の時《とき》、美智子《みちこ》さまの御成婚記念《ごせいこんきねん》を見《み》せてあげたくて、おじちゃんがプレゼントをしてくださったテレビを、幸子《さちこ》は曾《ひい》おじいさんのあぐらの中で一緒《いっしょ》に見《み》ていた。三歳《さんさい》の時《とき》、積《つ》み木《き》を買《か》って置《お》いていたら、文字《もじ》は教《おし》えてなかったのに、その積《つ》み木《き》で「ひろしまへさあいこう」と文章《ぶんしょう》を並《なら》べたのでびっくりした。テレビの字幕《じまく》で字《じ》を覚《おぼ》えていたのだ。積《つ》み木《き》のことがきっかけとなって、本《ほん》をふんだんに買《か》って与《あた》えた。曾《ひい》おばあさんは本《ほん》のめくり役《やく》。

幼稚園《ようちえん》に行《い》けるようになった幸子《さちこ》は一人《ひとり》で座《すわ》ることができない。もちろん歩《ある》くこともできない。私《わたし》は毎日《まいにち》、支《ささ》えて歩《ある》いて通《かよ》った。お遊戯《ゆうぎ》も支《ささ》えながら踊《おど》らせた。運動会《うんどうかい》は死《し》にもの狂《ぐる》いで一緒《いっしょ》に歩《ある》いて踊《おど》った。ある日《ひ》、幼稚園《ようちえん》で私《わたし》が幸子《さちこ》を支《ささ》えていた。私《わたし》がトイレに行《い》きたくなったら、友達《ともだち》が両方《りょうほう》から幸子《さちこ》を支《ささ》えてくれた。友達《ともだち》が時間《じかん》をかけてきれいに作《つく》った泥団子《どろだんご》を「あげる」と言《い》う。幸子《さちこ》はもらうとすぐにぐしゃっと潰《つぶ》してしまう。「幸《さっ》ちゃんはもらってもすぐこわすから、もういいよ。」と私《わたし》が断《ことわ》っても、「また作《つく》ってあげる」とその子は言《い》ってくれた。

幸子《さちこ》は点《てん》を一《ひと》つ書《か》いたら鉛筆《えんぴつ》が折《お》れてしまう。なので、毎日鉛筆《まいにちえんぴつ》の先《さき》を書《か》いて丸《まる》めたのを一《いち》ダースくらいは持《も》たせていた。線《せん》が書《か》けないことで、ひがんだらいけないと思《おも》い、いろんな絵《え》を見《み》せて回《まわ》った。ピカソなんかも「これで立派《りっぱ》な絵《え》なんだってお母《かあ》さんにはわからないけど」と言《い》いながら見《み》せてまわった。そうすると敬老《けいろう》の日《ひ》に、曾《ひい》おばあさんを点《てん》だけで上手《じょうず》に描《か》いたので、びっくりした。

幸子《さちこ》の中《なか》では幼稚園《ようちえん》の時《とき》にすでに詩《し》は生《う》まれていた。しかし、字《じ》を書《か》くことができないために、自分《じぶん》の思《おも》いを表現《ひょうげん》することができなかった。自分《じぶん》が書《か》いた詩《し》に曲《きょく》を付《つ》けて出《だ》すのが夢《ゆめ》だったという。

　中学生《ちゅうがくせい》の十四歳《じゅうよんさい》の時《とき》、宮地英雄《みやじひでお》先生方《せんせいがた》のご尽力《じんりょく》により電動《でんどう》タイプライターが与《あた》えられ、操作方法《そうさほうほう》が理解《りかい》できた。それから吹《ふ》き出《で》るように詩《し》を書《か》き始《はじ》め、昭《しょう》和《わ》五十一年《ごじゅういちねん》に第一回全国《だいいっかいぜんこく》わたぼうし音楽祭《おんがくさい》に作詞《さくし》の部《ぶ》で入選《にゅうせん》し、たんぽぽ賞《しょう》を受賞《じゅしょう》、翌年《よくねん》には奈良県知事賞《ならけんちじしょう》、次《つ》いで毎日新聞社賞《まいにちしんぶんしゃしょう》、わたぼうし大賞《たいしょう》と四年《よねん》連続入選《れんぞくにゅうせん》をした。出版社《しゅっぱんしゃ》にも認《みと》められ、連載《れんさい》することにもなった。わたぼうしが入選作品《にゅうせんさくひん》を持《も》って全国横断《ぜんこくおうだん》コンサートをはじめ、尾道《おのみち》わたぼうしコンサートをし、このわたぼうしコンサートからコンサートのやり方《かた》を学《まな》び、尾道《おのみち》ふれあいコンサートをはじめ、第二回《だいにかい》、第三回《だいさんかい》、第四回目《だいよんかいめ》には出演者《しゅつえんしゃ》の六十人中三十《ろくじゅうにんちゅうさんじゅう》人《にん》は障害者《しょうがいしゃ》というコンサートで、みんなが感動《かんどう》して終演後《しゅうえんご》も客席《きゃくせき》に座《すわ》ったまま話《はな》し込《こ》み、受付《うけつけ》でも立《た》ち話《ばなし》でなかなか帰《かえ》らないというすばらしいコンサートになった。

養護学校《ようごがっこう》の高校《こうこう》を卒業《そつぎょう》して、幸子《さちこ》がボランティア活動《かつどう》をしたいと言《い》ったのでボランティア活動《かつどう》を始《はじ》めた。ボランティア活動《かつどう》では障害者《しょうがいしゃ》に会《あ》うために養護学《ようごがっ》校《こう》、障害児学級《しょうがいじがっきゅう》を見学《けんがく》し、家《いえ》を訪問《ほうもん》してその付《つ》き合《あ》い方《かた》を親子《おやこ》に聞《き》き、どういうところに気《き》をつけて心《こころ》を配《くば》ればよいかを教《おし》えてもらった。一般《いっぱん》の学校《がっこう》の文化《ぶんか》祭《さい》や運動会《うんどうかい》などに出《で》かけ、障害者《しょうがいしゃ》と友達《ともだち》になって下《くだ》さいとチラシを配《くば》り、私《わたし》の家《いえ》は障害者《しょうがいしゃ》とボランティアの交流《こうりゅう》の拠点《きょてん》となった。一緒《いっしょ》に食事《しょくじ》をし、風呂《ふろ》に入《はい》り、寝《ね》てもらい、仲良《なか》しになって夏《なつ》にはキャンプ、春《はる》にはピクニックをやり、秋《あき》にはみかん狩《が》りに行《い》った。

ボランティア活動《かつどう》の原点《げんてん》は、心《こころ》の配《くば》り方《かた》だと思《おも》う。今《いま》があるのも、その心《こころ》の配《くば》り方《かた》を知《し》ったからだと思《おも》う。本当《ほんとう》にすばらしい体験《たいけん》をした。障害者《しょうがいしゃ》と共《とも》に学《まな》び、共《とも》に生《い》き、助《たす》け合《あ》う。そのように社会《しゃかい》を人間《にんげん》の原点《げんてん》に戻《もど》すことがボランティア活動《かつどう》である。

今《いま》振《ふ》り返《かえ》ってみて、ボランティア活動《かつどう》をさせていただき、本当《ほんとう》に良《よ》かった。すばらしい人生体験《じんせいたいけん》をさせていただいたと感謝《かんしゃ》の思《おも》いでいっぱいです。

合掌《がっしょう》

妙見《みょうけん》　尚美《なおみ》

平成《へいせい》二十《にじゅう》年一月十一日《ねんいちがつじゅういちにち》

お母《かあ》さん（故妙見尚美《こみょうけんなおみ》）に送《おく》ることば

『雪《ゆき》の花《はな》びら』新訂版《しんていばん》の出版《しゅっぱん》が決《き》まって、母《はは》は毎日毎日《まいにちまいにち》、それはそれは幸《しあわ》せそうに過《す》ごしていました。とは言《い》っても、脳梗塞《のうこうそく》の発作《ほっさ》で認知症《にんちしょう》の進行《しんこう》が段々早《だんだんはや》くなっていき、先生《せんせい》の警告《けいこく》もどこ吹《ふ》く風《かぜ》というような生活《せいかつ》を送《おく》っていました。私《わたし》は気《き》が気《き》ではありませんでした。今年《ことし》の冬《ふゆ》は非常《ひじょう》に寒《さむ》くて脳血管障害《のうけっかんしょうがい》を持《も》っている人《ひと》は、薄氷《はくひょう》の上《うえ》を歩《ある》いているような毎日《まいにち》でした。私《わたし》の母《はは》も例外《れいがい》ではなくて、いつ倒《たお》れるかいつ倒《たお》れるか、部屋《へや》からも出《で》て欲《ほ》しくないような毎日《まいにち》でした。正月《しょうがつ》明《あ》けてすぐ、愛犬《あいけん》が亡《な》くなり、母《はは》は特《とく》に寂《さび》しそうで、それじゃあ新《あたら》しく犬《いぬ》をもらおうかということで、知《し》り合《あ》いからメスの子犬《こいぬ》をもらうことになったのです。

平成二十年一月十五日《へいせいにじゅうねんいちがつじゅうごにち》の夕方《ゆうがた》、子犬《こいぬ》を連《つ》れてこられて、母《はは》はうれしそうに抱《だ》いていました。今日《きょう》だけは犬《いぬ》を部屋《へや》の中《なか》に入《い》れようと思《おも》ったのですが、母《はは》は外《そと》へ送《おく》って行《い》くと聞《き》きませんでした。それで用意《ようい》していた首輪《くびわ》を持《も》って、犬《いぬ》に近づきました。そのとき、脳《のう》の血管《けっかん》がプッツリと切《き》れて、母《はは》は庭《にわ》のたたきの前《まえ》に倒《たお》れてしまって二度《にど》と部屋《へや》へは上《あ》がってきませんでした。私《わたし》は「お母《かあ》さん、お母《かあ》さん」と呼《よ》びかけましたが、まさか倒《たお》れているとは思《おも》いませんでした。でもあまりに長《なが》く上《あ》がって来《こ》ないので、ひょっとして本当《ほんとう》に倒《たお》れてしまったのだろうかという不《ふ》安《あん》と、戸《と》を開《あ》けて確認《かくにん》することすら怖《こわ》いような気持《きも》ちで、ホームヘルパーさんが来《く》るのを待《ま》ちました。ホームヘルパーさんが来《こ》られて、「お母《かあ》さんが倒《たお》れとってよ」と言《い》われたので、救急車《きゅうきゅうしゃ》を呼《よ》んでもらい、そのままホームヘルパーさんについていってもらいました。それから、民生委員《みんせいいいん》をしているいとこのお嫁《よめ》さんに、病院《びょういん》へ行《い》ってもらいました。私《わたし》は夜遅《よるおそ》かったのですが、あちこちへ電《でん》話《わ》ばっかりかけていました。いとこのお嫁《よめ》さんが帰《かえ》ってきて、先生《せんせい》からの説明《せつめい》を教《おし》えてくれました。私《わたし》は通信《つうしん》教育《きょういく》の短大《たんだい》にいって学《まな》んだので、その内容《ないよう》は理解《りかい》できました。回復《かいふく》の可能性《かのうせい》はほとんどないようでした。あまり苦《くる》しませたくなかったので、悲《かな》しいけれど、「できるだけ穏《おだ》やかに過《す》ごさせてやってください。」とお願《ねが》いしました。それから何日《なんにち》も何日《なんにち》も、母《はは》は目覚《めざ》めることなく、昏々《こんこん》と眠《ねむ》り続《つづ》けました。私《わたし》が母《はは》に代《か》わってなにもかも決《き》めなければならなくなりました。

母《はは》も頑張《がんば》って、いっときは脳《のう》の血流《けつりゅう》が少《すこ》し改善《かいぜん》したこともありました。最後《さいご》まで自発呼《じはつこ》吸《きゅう》をしてくれていました。そして、平成二《へいせいに》十年二《じゅうねんに》月二《がつに》十六日《じゅうろくにち》の早朝《そうちょう》に永眠《えいみん》しました。

母《はは》は生前《せいぜん》、自分《じぶん》が死《し》んだら献体《けんたい》を希望《きぼう》していました。病気《びょうき》があった左側《ひだりがわ》の腎《じん》臓《ぞう》は研究《けんきゅう》に、健康《けんこう》だった右側《みぎがわ》の腎臓《じんぞう》や角膜《かくまく》などは、病気《びょうき》で困《こま》っている誰《だれ》かに役《やく》立《だ》てて欲《ほ》しいと話《はな》していました。いろいろな事情《じじょう》があって、その希望《きぼう》を叶《かな》えてあげられなかったのはとても残念《ざんねん》でしたが、「最後《さいご》まで誰《だれ》かの役《やく》に立《た》ちたい」、そんな母《はは》の気持《きも》ちは、私《わたし》の中《なか》でもずっと持《も》ち続《つづ》けたいと思《おも》っています。

今頃《いまごろ》母《はは》はどのあたりを歩《ある》いているのか気《き》にしながらも、母《はは》がこの世《よ》に生《う》まれて来《こ》れなかった私《わたし》の兄弟六人《きょうだいろくにん》に囲《かこ》まれながら、お父《とう》さん（故妙見慶之《こみょうけんよしゆき》）と一緒《いっしょ》に歩《ある》いているのかなぁと思《おも》っています。だから母《はは》の顔《かお》は安《やす》らかでした。この世《よ》では叶《かな》わなかった夢《ゆめ》です。

見守《みまも》っててね、お母《かあ》さん。お父《とう》さんと仲良《なかよ》くね。いつかまた、会《あ》いましょう。

平成二十年三月二十一日《へいせいにじゅうねんさんがつにじゅういちにち》

妙見《みょうけん》　幸子《さちこ》

あとがきにかえて

たくさんの善意《ぜんい》により、世《よ》に出《だ》された本《ほん》が『雪《ゆき》の花《はな》びら』で、私《わたし》が二十歳《はたち》の頃《ころ》でした。それから十年以上《じゅうねんいじょう》かかって『風《かぜ》になって伝《つた》えて』も出版《しゅっぱん》することが出《で》来《き》ました。そして雪《ゆき》の花《はな》びらはコンパクトディスクに姿《すがた》を変《か》えました。その変《へん》化《か》は私《わたし》にとってはとても嬉《うれ》しいことでした。というのは、本《ほん》がめくれない人《ひと》たちにもパソコンさえあれば読《よ》んでもらえると思《おも》ったからです。

そして今度《こんど》は再《ふたた》び本《ほん》になりました。それも花《はな》の絵《え》がいっぱい載《の》せてあるのです。久留井真理《くるいまり》さんの絵《え》があるのです。彼女《かのじょ》は私《わたし》と同《おな》い年《どし》です。私《わたし》はどちらかというと、どこにでもいるような本《ほん》が大好《だいす》きな女《おんな》の子《こ》だったのです。十代《じゅうだい》の頃《ころ》の私《わたし》の悩《なや》みは、親《おや》への手紙《てがみ》も自分《じぶん》の手《て》で読《よ》めるような文字《もじ》が書《か》けないということでした。だから、親元《おやもと》を離《はな》れて施設《しせつ》にいる私《わたし》の気持《きも》ちを両親《りょうしん》に伝《つた》えることが出来《でき》ませんでした。友達《ともだち》は手紙《てがみ》で親子《おやこ》喧嘩《げんか》をやっているのに、私《わたし》は何《なん》にも伝《つた》えられません。分《わ》かっていても読《よ》める文字《もじ》が書《か》けない児童生徒《じどうせいと》が十五人《じゅうごにん》ぐらいいました。それで、電動《でんどう》かなタイプライターを買《か》うための募金箱《ぼきんばこ》とビラが映画館《えいがかん》の入《い》り口《ぐち》に置《お》いてありました。その時《とき》上映《じょうえい》されていたのは、ヘレンケラーの映画《えいが》でした。先生《せんせい》が映画館《えいがかん》の人《ひと》に頼《たの》み込《こ》んだんだなあと思《おも》いながら家《いえ》に帰《かえ》ったものでした。そして夏休《なつやす》みの終《お》わり頃《ごろ》、電動《でんどう》タイプが私《わたし》の前《まえ》に置《お》かれました。私《わたし》は文《も》字《じ》が書《か》けない子《こ》の中《なか》で、学年《がくねん》が一番上《いちばんうえ》であったからです。その時《とき》の嬉《うれ》しさは大変《たいへん》なものでした。そして詩《し》を書《か》き始《はじ》めました。小《ちい》さかった頃《ころ》、えんぴつやクレヨンを持《も》っても点《てん》を二《に》、三個《さんこ》書《か》くのが精一杯《せいいっぱい》で、なかなか線《せん》を引《ひ》けなかったので、母《はは》は分《わ》からない絵《え》をたくさん私《わたし》に見《み》せるために、喫茶店《きっさてん》や画廊《がろう》に連《つ》れて行《い》きました。お母《かあ》さんには分《わ》からないけど、これでも立派《りっぱ》な絵《え》なんだってと言《い》いながら見《み》せてくれたものです。

私《わたし》がどうやって文字《もじ》を覚《おぼ》えたかというと、それは家《いえ》にテレビがあったからです。私《わたし》は、両親《りょうしん》と曾《ひい》じいちゃんと曾《ひい》ばあちゃんと従兄《いとこ》と暮《くら》していました。おじちゃんからのプレゼントでうちにテレビがやって来《き》ました。それは今《いま》の陛下《へいか》のご成婚番組《せいこんばんぐみ》を見《み》せたい一心《いっしん》で贈《おく》られたものだったのです。それで私《わたし》は、字幕《じまく》で字《じ》を覚《おぼ》えたのです。施設内学級《しせつないがっきゅう》では、代筆《だいひつ》をしてもらえば作文《さくぶん》も書《か》けたので、教《おし》えたことはかなり分《わ》かっていると思《おも》われていました。そして、その上《うえ》に電動《でんどう》タイプで詩《し》を書《か》き始《はじ》めたのです。中学生《ちゅうがくせい》だったので中学《ちゅうがく》が終《お》わったらどうするかということが問題《もんだい》になってきました。結局《けっきょく》は養護学校《ようごがっこう》の高等部《こうとうぶ》へ進《すす》んだのですが、私《わたし》には夢《ゆめ》があったのです。それは高校《こうこう》になると通信制《つうしんせい》の高校《こうこう》があるので、そこに行《い》きたかったのですが、養護学校《ようごがっこう》の高等部《こうとうぶ》へ行《い》くのでさえ大反対《だいはんたい》を食《く》らっていたので、本当《ほんとう》のことが言《い》えませんでした。それで母《はは》がどうするのって聞《き》いてきて、仕方《しかた》なく養護学校《ようごがっこう》へ行《い》くことにしました。特殊教育《とくしゅきょういく》の中《なか》でそれなりの高《こう》校生活《こうせいかつ》を送《おく》りました。私《わたし》は『雪《ゆき》の花《はな》びら』が出《で》た後《あと》もそんなに長生《ながい》きはできないかもと思《おも》っていました。私《わたし》よりも状態《じょうたい》が良《よ》かった人《ひと》のほうが亡《な》くなってしまっているのです。

『雪《ゆき》の花《はな》びら』は、普通《ふつう》の女《おんな》の子《こ》が障害《しょうがい》をもっていると感《かん》じることをそのまま書《か》いた詩集《ししゅう》です。障害《しょうがい》を持《も》っている人《ひと》は、さぞかし違《ちが》うことを考《かんが》えているだろうなあと勝手《かって》に思《おも》っていませんか？ 確《たし》かに少《すこ》しは変《か》わっているかもしれませんが、自分《じぶん》ではあんまり変《か》わらないと思《おも》っています。私《わたし》が望《のぞ》んでいるのは、ごくあたりまえの生活《せいかつ》がしたいということです。それもいろんな人《ひと》に、「こんにちは。」と言《い》ってもらえる町《まち》の中《なか》で、あたりまえのことをしながら生《い》きたいなあと思《おも》っています。

平成《へいせい》二《に》十《じゅう》年《ねん》六《ろく》月《がつ》十《じゅう》四《よっ》日《か》

妙見《みょうけん》　幸子《さちこ》

著者紹介

妙見　幸子（みょうけん　さちこ）

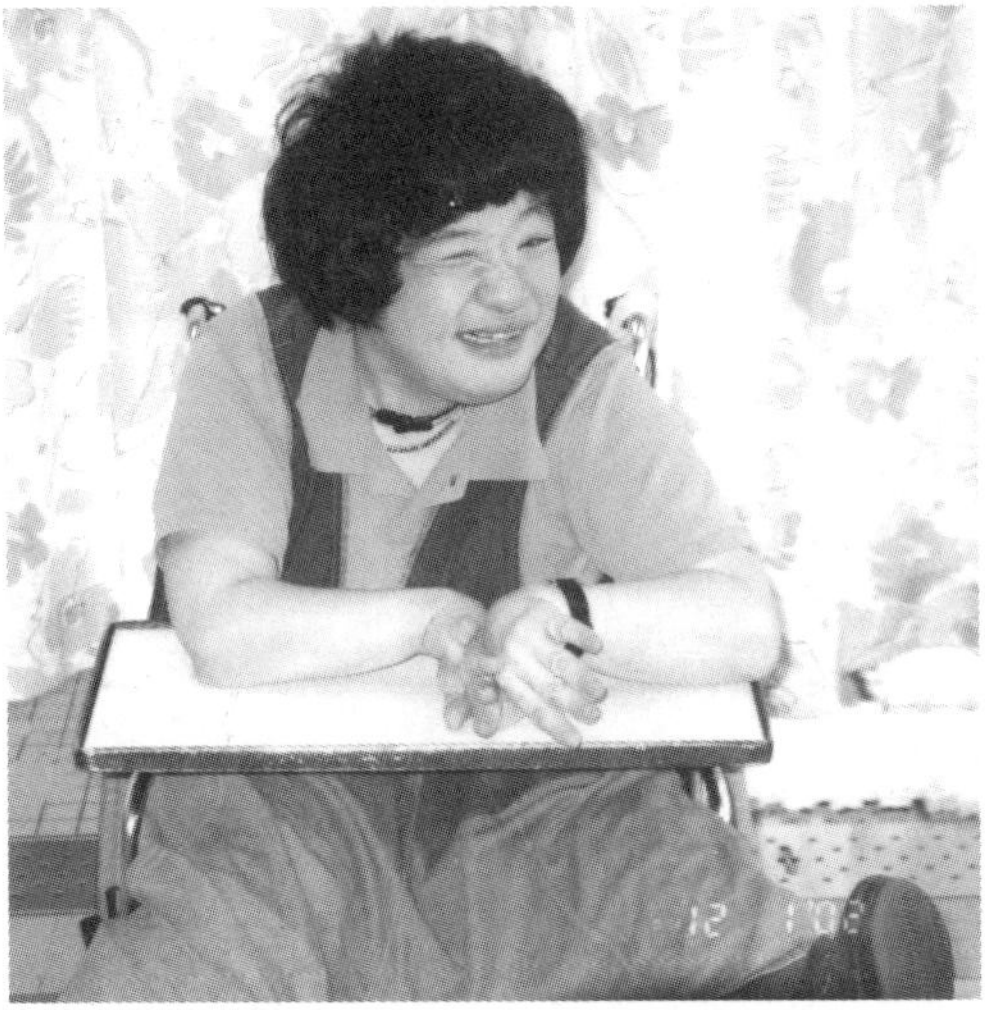

はじめまして。私はこの本の著者の妙見幸子です。一九七八年に私は初めてこの本を出版しましたが、この度は、久留井真理さんの清らかで切ないまでに美しい花の絵に彩られました。新しい装いに、作者の私でさえも「馬子にも衣装」とはこのことを言うのだと思いました。

私は、妊娠七ヶ月の未熟児として産まれました。生後七日目の朝、呼吸が止まって脳性麻痺になりました。それが分かるまで二年もかかりました。

私が覚えている最初の記憶は、おもちゃのグランドピアノを前に、出来たばかりの滑り止めのある椅子に座らされて、「さっちゃん、こっち」と言われて写真を撮られている時の事です。

父も母も音楽が大好きでした。自分で楽器を弾くところまでは行かなかったのですが、わたしのおもちゃの中にはカスタネットやタンバリンなど楽器も含まれていました。そして離れにいた従兄はハーモニカやリコーダーを吹くのが大好きな人でした。自分もああなりたいと思いましたが、自分の体の動きが他の人とは違うなと感じました。

字はテレビの字幕で覚えました。幼稚園からはありったけのレコードを借りて、テープレコーダーに吹き込んで聞かせてくれました。三歳の頃、あいうえおの積み木を買ってくれました。それで私が「ひろしまへさあいこう」と並べたので、母はびっくりして、それからいろんな本を買ってくれるようになりました。本をめくってくれるのは曾ばあちゃんです。私が読み終わると明治生まれの曾ばあちゃんは喜んで、「かあさん、はぁ、読んだで。」と母に向かって次の本を催促しました。

でも、私は読める字は書けなかったのです。施設や学校生活もしました。体が不自由なのは自分だけではないことも分かりました。いろんな程度があることも知りました。

十七歳のとき、私は新聞に目が釘付けになりました。それは、たんぽぽの会のわたぼうしコンサートの記事でした。障害児の詩にボランティアがメロディをつける催しだったのです。私は十四歳から電動タイプで詩を書きためていたので、これだったら私にも出来るんじゃないかなぁと思いました。それから一年後、音楽の先生の所に行って詩を選んでもらいました。それが「小さな想い出」でした。中学二年の十二月に雪が降って小さい頃のことを思い出して書いた詩だったのです。まったく初めてだったので、タイトルも付けていませんでした。タイトルは作曲者が付けてくれました。それが自動的にわたぼうし音楽祭の応募作になっていたのです。私が詩を書くのは日ごろ思っていることです。そしてそれは少しでも人間関係を作りたいと願っているからです。介護が必要な私にはどのような心構えでどんな心の配慮が必要であるのかということを、少しでも伝えていくことが自分の役目なのだと思っています。自分の表現力が無くて誤解されることもあります。でもそれをいつまでも気にしていてはだめなので、気持ちを切り替えようとします。これからも頑張って書いていこうと思います。誰かの心と繋がればいいなと願いながら作詩を続けて行きたいと思います。

最後になりましたが、初版の詩集『雪の花びら―電動タイプでうたう―』を引き受けて頂きました東方出版の切明悟・切明千枝子様と、改訂版を引き受けて頂きました大学教育出版の佐藤守・安田愛様と、「花の日々」のイラストをご提供頂きました久留井真理様と、今までいろいろとお世話になりました編者・協力者・関係者等の皆様からご厚情を賜りましたことを、本書をもちまして、感謝の気持ちとお礼の言葉とさせて頂きます。

2007年6月6日撮影　県立広島大学三原キャンパスにて
前列　向かって右から妙見幸子（著者）・久留井真理（イラスト）
後列　向かって左から久留井秀明（真理さんのご主人）・石田真裕美、故妙見尚美（幸子さんの母）・中屋三和子・住居広士

著者略歴

昭和33年3月4日出生（33年5月末出生予定が、仮死状態で早産）

33・3・11	呼吸停止2回、人工呼吸で蘇生
35・6	広島県立若草園園長先生に“脳性マヒ”と診断される
37・6	3か月間、広島県立若草園福山分園へ母子入園
37・9	“みくにえん”（尾道市）へ入園（キリスト教系幼稚園）
38・3	“みくにえん”卒園
40・9・15	広島県立若草園（西条）に入園
41・5	病気のため若草園（西条）を退園
45・4・14	広島県立若草園福山分園6年に編入
46・4	同上中学部入学
47・9	宮地英雄先生が、字がかけなかった著者に電動タイプと出会わせてくださる。
47・10	詩「小さな想い出」を初めて打つ。
49・4	広島県立福山養護学校高等部入学
51・7・31	第一回福山わたぼうしコンサートで「小さな想い出」にフォークのメロディがつけられ（作曲／中井周一氏）、演奏される。
51・9・22	第一回全国わたぼうし音楽祭に「小さな想い出」入選。作詞・作曲の部で「たんぽぽ賞」受賞
52・3	広島県立福山養護学校高等部卒業
52・8・20	第二回全国わたぼうし音楽祭に「車の中で」入選。作詞の部で奈良県知事賞受賞
53・2・1	詩集『雪の花びら―電動タイプでうたう―』 東方出版より初版発行 0092－9654－5200 著　者　妙見　幸子 発行者　切明　悟 発行所　株式会社　東方出版

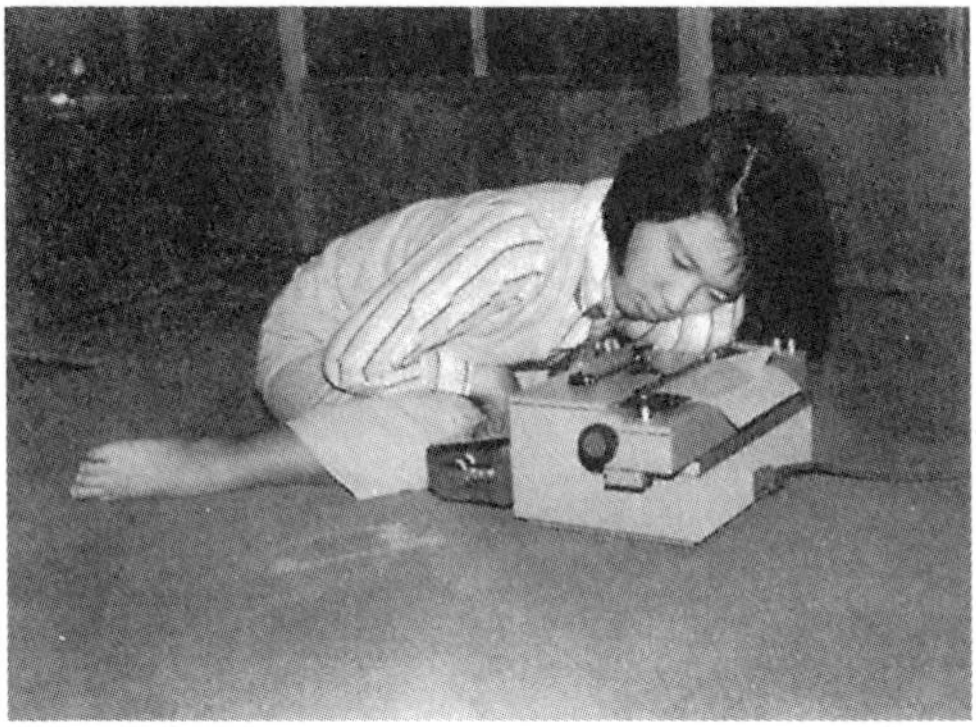

昭和53・3	「家庭と教育」（東方出版月刊誌）昭和53年3月から13年間連載してまとめる。
昭和53・7・10	東方出版より詩集『雪の花びら』第2刷発行 株式会社　東方出版 〒731-0137 広島県広島市安佐南区山本 1-26-29-8 電話・FAX（082）874-5916
平成3・5・8	父妙見慶之の逝去
平成3・10・1	妙見幸子・第2詩集『風になって伝えて－さっこと友だち－』東方出版初版発行
平成20・1・26	母妙見尚美の逝去
平成20・6・14	第31回岡山県介護福祉研究会・第25回中国四国介護福祉学会にて出版記念会
平成20・6・30	詩集『雪の花びら―電動タイプでうたう―』新訂版大学教育出版より初版第1刷発行

■著　者

妙見　幸子　（みょうけん　さちこ）

現住所　〒722-0013 広島県尾道市日比崎町 6-30
電話・FAX（0848）22-5761　E-mail: myokens@ybb.ne.jp

詩集『雪の花びら—電動タイプでうたう—』新訂版
英　語：Anthology of Poems: "Snow-like Dancing Flowers; Empowerment of a Handicap through an Electric Typewriter" Newly Revised Edition
仏　語：Anthologie: "Neige-comme les fleurs épanouies; Réalisation d'une femme handicapée avec sa machine électrique à écrire" Nouvelle édition révisée
独　語：Gedichtsammlung: "Schnee-wie aufwirbelnde Blumen; Ermächtigung eines Handicaps mit einer elektrischen Schreibmaschine" Neue Revision
中国語：詩集《天空飄着美麗的雪花》一位脳癱者用電動打字机譜写的人生"交响曲"新訂版
韓国語：시집『하늘하늘 피어오르는 눈 꽃잎 –전동 타자기로 극복한 장애–』개정판

■編　者
妙見尚美、住居広士、松本百合美、棚田裕二、
國定美香、石田真裕美、有村大士、笠原幸子、久留井真理
〒723-0053　広島県三原市学園町 1-1　県立広島大学 2505
電話・FAX：（0848）60-1211
E-mail: kaigo@pu-hiroshima.ac.jp
URL: http://www.welfare.jp/

■協力者
安部奈央子、石井収、石田博嗣、李玟熙、宇野真智子、大塚彰、大庭三枝、小川真史、尾道市社会福祉協議会、介護サービスあんしん、狩野薫、賀谷尚代、河村純、切明悟、切明千枝子、熊谷隆次、塩川満久、親本俊弥、久留井秀明、久留井真理、齋藤香里、清水ミシェル・アイズマン、シュルティ・ディシュパンデ、障害者生活支援センターあおぎり、宣賢奎、卓仁玉、竹澤恵、武重亜佐子、玉崎泉、張天民、田路慧、徳山ちえみ、中屋三和子、野津友紀、播磨靖夫、林寿行、松井裕子、三浦美子、三宅悠、村上須賀子、八ッ塚実、山岡喜美子、山本恭三、俞祖芳、吉見弘、劉序坤、林春植、レイシェル・バロナ・イトウ、若井達也、他多数

詩集　**雪の花びら**—電動タイプでうたう—新訂版

2008 年 6 月 30 日　初版第 1 刷発行

■著　　者——妙見幸子
■発 行 者——佐藤　守
■発 行 所——株式会社 **大学教育出版**
〒700-0953　岡山市西市 855-4
電話（086）244-1268　FAX（086）246-0294
E-mail: info@kyoiku.co.jp　URL: http://www.kyoiku.co.jp/
■印刷製本——サンコー印刷 ㈱
■イラスト——久留井真理
■装　　丁——ティーボーンデザイン事務所

ISBN978－4－88730－844－2